# 大江飞虹

Da Jiang Fei Hong

沪通长江大桥建设指挥部 编

文匯出版社

**图书在版编目(CIP)数据**

大江飞虹 / 沪通长江大桥建设指挥部编. —上海：文汇出版
社，2018.2

ISBN 978-7-5496-2456-0

Ⅰ.①大… Ⅱ.①沪… Ⅲ.①诗集–中国–当代 Ⅳ.①I227

中国版本图书馆 CIP 数据核字(2018)第 034531 号

# 大江飞虹

编　　者 / 沪通长江大桥建设指挥部

责任编辑 / 熊　勇

封面题字 / 田建国

策　　划 / 陈　辰

出版发行 / 文匯出版社

　　　　　上海市威海路 755 号

　　　　　(邮政编码 200041)

印刷装订 / 成都勤德印务有限公司

版　　次 / 2018 年 2 月第 1 版

印　　次 / 2018 年 2 月第 1 次印刷

开　　本 / 787×1092　　1/16

字　　数 / 375 千

印　　张 / 19

ISBN 978-7-5496-2456-0

定　　价 / 38.00 元

# 序　言

沪通长江大桥建设指挥部主办了"桥韵杯"诗歌大赛，并将优秀作品结集出版，这是一件值得点赞的好事。

沪通长江大桥自 2014 年 3 月开工建设以来，一直受到社会各界的普遍关注，得到了地方政府和广大人民群众的大力支持。参建单位广大干部职工，在指挥部的精心组织下，发扬吃苦耐劳、无私奉献的精神，依靠现代科学技术，攻克了一道道技术难关，战胜了施工难度大、技术要求严、安全风险高等诸多挑战，整个工程建设不断突破关键节点，成绩喜人、捷报频传。之所以能够取得这些骄人的成绩，是因为我们始终坚持"严谨、规范、创新、精品"的建设管理理念，狠抓标准化和精细化管理，把文化建设引入工程建设的各个环节之中，营造了积极进取、勇攀高峰的良好工作氛围，极大地调动了广大参建职工的积极性、主动性和创造性。三年多来，一千多个日日夜夜，广大干部职工以桥为家，不怕苦、不怕累，爱岗敬业，业务上精益求精，质量安全上一丝不苟，涌现出许多感人事迹。

诗歌是文学宝库中的瑰宝，是语言的精华，是智慧的结晶，是思想的花朵。把这些建桥人的感人事迹，以诗歌的形式展现出来，用身边人的故事感染职工、鼓舞职工、激励职工，丰富了工程管理理念，彰显了文化自信。

这次活动，面向大桥参建单位干部职工和南通、张家港市的文学爱好者征稿，覆盖面广，社会影响大，坚持了思想性、艺术性、群众性的统一，传递了文化自信和锐意进取的价值观。通过作品反映中国力量、中国创造，充分体现了以人民为中心的创作导向，充分诠释大桥建设者的匠心精神和南通、张家港这两座城市的精神特质，加强了当地人民和这座桥梁的情感纽带，建设了一座实体桥梁以外的"人文大桥"。

从诗集的作品来看，无论是新体诗，还是古体诗，都紧紧围绕沪通长江大桥建设，着力展现大桥建设者拼搏奉献的时代精神和大国工匠精神，着力展现地方经济发展对现代交通路网建设的客观需求和人民群众的迫切期盼。每一篇作品都来自一线，来自职工和群众的心底。字里行间都洋溢着广大职工的昂扬斗志，凝结着参建职工对建桥事业的忠诚与热爱。诗歌的魅力就在于它源于生活，用最朴实的形式，表达了共同的心声，唤起了共鸣。细细地品读这些质朴的文字，醇美的情感久久萦绕在心间，它们记述着我们建桥人所特有的精神追求和创新力量，滋润着我们的心灵，是我们不断前行的精神支撑。这些作品，将为中国铁路和这个时代的发展留下宝贵的印记！

现如今，习近平中国特色社会主义思想引领着我们进入了中华民族伟大复兴的新时代，"交通强国、铁路先行"，我们在沪通长江大桥的建设中，将围绕"强基达标，提质增效"，狠抓"智能铁路，精品工程"建设，进一步调动好维护好广大职工的积极性创造性，优质、高效地完成大桥建设任务，为促进国家"一带一路"和扬子江城市群的建设作出应有的贡献，为实现新时代的宏伟目标再立新功。

　　乘风破浪潮头立，扬帆起航正当时！平凡的生活、忙碌的工作，挡不住内心里对诗意和远方的向往。让我们伴着诗歌的韵律，带着自信与从容，不忘初心，牢记使命，行稳致远，砥砺奋进！

　　　　中国铁路总公司工程管理中心党委书记

# 目　录

## 第一辑　现代诗歌卷

## 第二辑　古体诗歌卷

第一辑

# 现代诗歌卷

# 江边随想（外一首）

田建国

掬起江水和水中的月亮

贴在脸上贴在胸膛

至善的江水亲吻着硬汉的刚强

白天你吸纳太阳的热量

夜晚你用光和热打扮星光

从此

江边的渔火不再孤独

好像置身于灯火辉煌的殿堂

江村改变了以往的宁静

车流滚滚人影幢幢

机声在江天回响

吊车在高空伸展臂膀

一座座桥墩撑起梦想

一节节钢梁伸向远方

待到彩虹通四海

你依然闪烁着永不疲倦的目光

# 建桥人赞

你同所有建桥人一样

不辞辛苦

气宇轩昂

来到江涛拥抱的地方

在芦苇和淤泥的岸畔

搭起简易的木板房

用智慧和汗水

谱写建桥史上新的篇章

你身在大桥

桥的两头却牢牢拴系着你的心房

一边是文化名城

一边是天然良港

早日架起梦的彩虹

让两城不再隔江相望

人便其行货流通畅

是你和所有建桥人共同的愿望

你心中有一杆标尺

你深知它的分量

承载着时代的重任

寄托着人民的厚望

一点不差

差一点也不让

为大桥打造钢筋铁骨

让它经得住历史波涛的涤荡

你是神奇的工匠
穿着风吹雨淋的工装
灵巧的双手焊接无边的喜悦
刚强的臂膀紧固着崇高的理想
创世界桥梁之最
建现代交通路网
不仅是沪通大桥建设的初心
更让所有建桥人矢志不忘

你的眼睛格外明亮
神圣的职责时刻不忘
小到几毫米的焊缝
大到数百吨的钢梁
从源头把控
把微小的瑕疵逐个扫光
为了大桥的百年大计
再苦再累也勇于担当

你有着宽广的胸膛
也有着儿女情长
江风捎来亲人的思念
波涛在为你诉说衷肠
多少次微信往来
多少次梦回家乡
把思乡恋家藏在心底
一心为实现中国梦再创辉煌

# 大江飞虹（组诗）

中　海

## 工笔画

一座桥的韵味，从线性的水中
被抬起来。而线性的钢铁水泥
从建设者如画匠的手指间描述出来
——他从最高的墩头下来
体内的水位也在下降

斜拉的线圆润，在平衡中
动词转换成名词
画笔指点的正前方，即将落款
世界的名词——

白云在空中滑了一下
无中生有的空中
工笔缓慢而坚定——以着色
以深入云端而与天空融为一体

## 飞 虹

此时我想到了雾和雾中的某些
不确定因素——
在摆渡船上所想起的种种往事

在雏形的桥头走走
陪祖国的铁说话，陪午间休息的工人
沉默。而内心难以平复
我自身的渺小——
相对于巨大的虹般的建筑
我需要不断地想象
不断地出现往昔和风浪中的等待
需要一顶橙色安全帽
以抵住恐高中欲倾的身体

## 霄汉赋

从凌空的舞蹈上回旋出一个平台
在平台的墙壁上，鸟儿鸣叫
并在听觉上叫出一个检修孔
——这是想象

每一个孔都有一只眼
微妙地转动着以呼应外在的风声
这如小小洞口的叫声

模糊地喊着高处的险境

——这是想象的持续


来自更高的风声沉缅于尖锐

这尖锐抵消了虚蹈的恐惧

所有人都在风口领受浩大

——这是奇迹


现在我们用想象来消弭奇迹感

在风中一把接住无边的险境

纵身一跃，这世界之跃

这——仍是奇迹


## 对　接


就像一个人伫立岸边，看阴影罩住江水

这些年隔江而望，适合挂念些什么

烟岚中，我的视线与过往船只所成的夹角

大于我的生活


他的峨冠耸立，博带垂下

我知道你一直在——我也如此

渴望一座新桥，到对方心里看看


烟雨晃动，一如醉汉

多少年以后的长江如此这般

在我面前，在他面前

——不言不语


一个穿越时空而来的身影
此刻,他在用天地沐浴


## 长河落日


在桥墩的作业面,视界挤进一艘船
它不等同于杂质、妄念。蜜月期刚过
一个工人迎来孤独——但算不上隔绝
涛声矩阵般退去,安全帽加剧声响的
后退。远处有看得见的风
他在一个间隙轻诵了一句诗
风向果然改变,但他仍然看着那船
无声驶过。他仍然把新到的事物
悄悄用尽——


五年过去了,在更前沿的地方
听涛,残阳不残
更接近于无声美学
单一的潮声如彼时此时


而两年后,一个工人的一次纯粹旅行
景象依旧。不同于黄昏,清晨更清
他,他们——来自对汗水的怀念
当一艘船驶离,当风向改变
单一性却尚未改变

他们仍渴望多年后的纯粹之晨
——带着不可扭曲的线性日落
带着涛声依然洁癖的余音
他，他们来自建桥的工人

# 与大桥有关的思绪（组诗）

昌　黎

## 赞　歌

最远的那场大风
是从宋元那里吹过来的
被一根看不见的线，领着
围绕江心洲一转再转

大桥建设者把每天的生活，打磨成
一阕阕参差有致的长短句
一片片流水记载了，他们
大力弘扬中国精神、工匠精神以及
从来都没有停歇过的勤勉

隐于江渚上，谁突然喊出的一嗓子
将江水刺穿，进而
沙洲的全身脉络被打通

大桥就是接通两个世界的梯子
于是，后人刻满风骨的纪念碑上

再次唱响百万港城人民
一曲新时代奋斗的凭证


## 致敬大桥建设者

一个又一个鲜亮的早晨
一尾鱼啜饮一些苦，并试图咂出甜

勤劳朴实的大桥建设者
用世界桥梁工程技术的最高水平和发展方向
让大地浮在江面上
并在横切面上，洒下一张网
打捞者属于自己的风流

隐约间，号子声声
在长江这浩大的镜面上
大桥建设者
将一片柳荫挥洒成壮阔
日夜兼程


## 大桥上的脚印

收藏细碎的光阴
凝固的姿势，仰望，非要把天给参透

金秋时节，两块脚印，不小心

就充当了大桥的耳朵

趴在大地上啼听


一阵阵急促的脚步声

一只蚂蚱一跃而起，最终

还是没能逃出夜色千年的合围


一滴露水在悄悄孕育

南来北往的铁路线，扑棱棱飞起

惹得脚印旁边的绿意

也跟在后头，亦步亦趋


## 沪通铁路跨长江大桥


一头连着故乡，一头连着我

江水搅动起薄雾，炊烟缠住步履

沪通铁路跨长江大桥上

铿锵的步履越来越响

震得青天铮铮应鸣


落进江水的黑，洇润开来，熄了纷繁乱世

长江大桥保持了足够的精简和冷静

梦中，我慢慢漂浮起来，拽着一粒私语

发出一声模糊的乡音


秋虫不知，在梦中，我多少次泪湿衣襟

我看见了故乡的小院，母亲正摇着一把蒲扇

立于桥头，俯身打开一段游子的归程
凭栏望，哪里是渐生的华发，哪里是斑驳的冰霜

## 暮色下的村庄

竹枝婆娑，一些暗香被父老乡亲小心珍藏
风凉了，村庄又给季节添了件厚衣裳

把喧嚣去掉，把静寂和古老抬上祭奠的高台
暮色下的村庄，咧开一张张笑脸

矜持地笑
借着月光洒遍街巷
河水缓缓流淌，

## 放羊的家旺

一截竹竿，赶着羊群，也赶着太阳
温顺的羔羊，缓缓流过大地，阻挡住青草的疯长
上小学的家旺，看着天边大朵和小朵的白云
他就想起在远方建桥的爸爸

天色向晚，归栏的羊群排列得井然有序
其实家旺也很听话，作业按时完成
闲暇时间帮妈妈割草，做饭，照看庄稼

家旺盼望着新年的到来

那时就能看到爸爸

哪怕听他讲个笑话，或者训斥打骂一下

## 我亲爱的人呢

凭借一腔豪气，让日渐消瘦的骨骼凸起

静静站立，等待着岁月放行的消息

或开花，或者抽出绿枝

或突然亮起一束光

灯盏微明

月下，长江上聚满大桥建设者

夜的帷帐里，整整齐齐的队伍，不停地操练，演习

黎明的衣服上，总会残留一些类似火药的汗碱味

惊心动魄时刻到了，岁月的号角响起

一把把"枪"寒光泛青，直直地刺向江心

我亲爱的人呢，还有什么没留下

我从一首古诗的诗意里

摘一枝，大地上的最艳花儿

在这个明媚的季节献给您

## 灯下，缝补衣服

浓酽的记忆里，记不清这是多少次
夜晚给建桥的儿子缝补旧衣

细看残破处
昏花的眼往灯下凑了又凑

深秋时节　窗外蛐蛐儿睁大眼睛，看着母亲
翻出厚厚的老花镜，然后穿针引线，忙个不停

夜半，天突然变冷
老母亲打着手电，蹑手蹑脚地为我加了床被子
然后，重回灯下，继续为我缝补温暖的人生

# 一座大桥，跨越了波涛的弧度

萧　萧


1

长江不是被驯服
而是长出手臂，拥抱了两岸
鸟语花香的葱茏
波涛与江风，似乎轻缓了许多
带着宽慰，为沪通长江大桥
献上惊喜的旋律

阻隔的岁月即将完结
对于柔软的记忆
我们将以崭新的弧度，告诉未来
——长江的流速会加快
它涟漪的光芒
是两岸春天迷人的部分

2

许多年，坐着渡轮

慢悠悠抵达张家港，常熟，上海

时光的阴影，在江水的漩涡里

徐徐翻涌。现在，我看见一条蛟龙的身形

腾挪于长江的肌肤之上

它想在时代的铿锵里，昂首，啸天


而我想的是，穿过它的身体

感受风一样的迅疾与畅快

让它巨大、恢弘的声息

像一本旷世传奇的书

摄领耳目和心灵

3

11 千米长的册页

缓缓铺展。大桥建设者的剪影

贴在册页的封面

被江浪濯洗，被日月吟诵

他们的汗水里，有钢筋的铁质

眼眸里，有坚韧的星辰


28 号主墩钢沉井精确下沉

下横梁浇筑完美收官……

创造的奇迹，一次次在大桥工地

发出呼啸的轰鸣

我们有理由相信——

沪通长江大桥，有一颗强大的心脏

也有和建设者们一样

超越而精益求精的襟怀


4


没有多久，我会像一只江鸥

在一座大桥的雄姿里，盘旋低飞

江南江北再没有距离

只有一根火柴擦亮的火苗

能计算出动车的速度


是的，没有多久

大桥的建设者们，将会迎来

滂沱的喜悦，激动的泪水

他们建造的这一座公铁两用桥

会稳稳地端坐在江涛之上

两座主塔，高高耸立

像记录着他们功勋的丰碑


是的，没有多久

这座大桥，会承担起时代重任

苏北与上海连成一串珍珠

一个个城市，带着风一样的爽朗

将四处迸溅的光泽与文明

镌刻在沪通长江大桥刚健的风骨里

# 建桥人赞

钱长龙

一种什么样的力量把你们从远方呼喊

告别妻儿母女　共聚长江之尾

狼山之侧　江水之畔

你们

以钢筋为画笔

以混凝土做颜料

把脚下的滔滔江水当画布

开始了

青春作画的四季生活

春天

一颗颗嫩芽

被你们失手碰碎

仿佛寂静深处　钢针断裂的声音

闭上眼　听

踏着坚毅的步伐

踩着波涛的江水

轻轻唱起了一首老歌　耳熟能详

睁开眼　看

手握一束春光

肩扛一片云彩

劳作的声音吱吱作响　响彻江天


夏天

一道道烈阳

将你们通透灼亮

白昼

汗水急促流淌

仿佛蒸笼里的焦躁和不安

黝黑滋生了脸庞

增添了厚重的颜色

夜晚

灯光斜穿身躯

仿佛梦境中的支离和破碎

疲倦涌上了心头

加重了劳作的滋味

长江似乎遗落了该有的柔肠

翻滚着　全部是狂野的意象


秋天

一层层彩霞

被你们披肩戴顶

风青青欲雨　水澹澹生烟

收获的季节　向你们召唤

战鼓加速擂响

号角更加嘹亮

脚手架早就开始了吟唱

混凝土更抑制不住畅想

本想偷懒的月儿

斜挂在天上

你们

浑身穿起了月光

照亮了每一张朴实的脸庞


冬天

一缕缕寒风

将你们团团包围

奔腾着　呼啸着　嘶喊着

江水也失去了该有的自由

你们　怀揣梦想

坚毅的灵魂　火红的信仰

手中

墩身一厘一寸升高

钢梁一块一节延长

桥廓一点一滴清晰

东方巨龙将要横卧　大江之上


你们

站在南岸遥望着北岸

敬业的劳作

辛勤的汗水

疲惫的身躯

四季轮回　不变的情怀

留下的将是　天堑变通途

留下的将是　民族腾飞脊梁

留下的将是　未来美好新蓝图

# 在一朵浪花里跨越（组诗）

夏　杰

## 把时间慢下来

静静地坐下，任风搜寻穴道
让你进入我的诗歌
而我进入长江南岸，在西距入海口 100 千米处
澎湃、翻滚

你多像一艘船
高擎桅杆，扬起风帆
背影在起航的天籁里变成山
一转弯，时光顺流而下

此刻，你坐于两岸
任万吨轮轻浮河面
你是否会注意到港口的岸吊
多像你挥手时，把泪水装满眼眶
运载到驳岸，拉一声记忆的响笛

我们就这样坐着，把时间慢下来

慢成波光粼粼的江面

慢成一寸金

集装箱会纵容这个沉醉

用 11 千米的激越，收留全部的温暖


## 向一朵浪花表达


江南的风，吹过我，吹过长江

吹过张家港的美丽繁华，吹过

沪通铁路跨长江大桥

吹过我们的春天


在江畔的芦荻里相遇

面江练习笑声

那时，我无法用一朵浪花

看你的眼睛，无法用一颗芦篙

描摹你的身姿

无法怀揣起伏不定的思绪

成为诗歌里一片花瓣


芦花绽放，你的每一次合拢

像长江的波浪，清澈、清脆

我打开门，被你的乡音鸟语花香

又像乘风而来，轻柔、曼妙

我推开窗，弄得一身春天的味道

## 书　信

长江之水由天而降
我相信，这是你寄来的书信
带着张家港的青春与刚毅
坚实而自信地站我面前
把心中盛开的虚实线吐露
从张家港到南通，只有一片花瓣的距离
仿佛是刚过去的昨天

雨在下着，冲刷叹息
请允许我把一个门牌
记录在流淌的纸上
纵然你是上游，我也要逆流而上
回复春光下的果香
我相信
你们会很亲切，会有整夜的明亮

站在雨里，任雨声填满思念
我已习惯在这种状态下
接受燃烧过后的跨越

# 桥于江水的告白

陆　雁

## 1

轻微地靠近风
靠近浪
靠近试图奔涌的你
以一种模糊的刺探
抵达扑面而来的潮汐

是渴望
正在努力点燃
点燃近的　远的灯火
点燃沉默对视的我们——
相互间吐出的叹息

## 2

流水无语
涉江而过的人
从掌心取走尘世和梦境

我手中的波涛倾泻
那么多的繁星在天空站立
为你交出彼岸

而彼岸秋霜覆盖
潮水节节败退
一只水鸟于芦苇中惊飞
这移动多么孤单

在江水之上
所有期待的到来　相遇　离开
都如此迅疾
又如此平静与浩瀚

3

有谁来抚平
我体内的波纹
在日与夜的遥望里
我早已知道
我跟随的不是风
我跟随的，是彼岸
是一支箭划破苍穹的悲鸣
这横跨与飞跃的大桥
是我寄与大地的箴言
当命运的桅杆抵达视线
当万物归于阳光的照耀
我来，只是为了渡你

# 走近钢铁（组诗）

程 向 东

## 沪通长江大桥写意

大江浩浩荡荡
江尾海头
矗立起高 325 米主桥墩
万里长江的中流砥柱
撑起江北江南共同腾飞的翅膀

1092 米主跨
世界公铁两用斜拉桥的最大跨度
这世人称奇的大跨步
跨出中国的加速度
再一次证明中国智慧
再一次续写中国传奇

大桥正式通车的那一刻
世界都将转过头来
为之注目
看长江之上的这把梳子

怎样为古老长江重新梳妆


世代梦想成真的那一刻

有江浪的合唱

有江风的和声

根根斜拉索组合成的巨型竖琴

将交响出怎么雄浑壮阔的乐章


到那时

高速公路连接两岸

高速铁路贯通南北

汽车和火车越江飞驰

这些只争朝夕的梭子

在中国现代化建设的版图上

穿梭走线

将织就长三角新的辉煌


## 在大桥建设工地


在大桥建设工地

混凝土输送泵伸长泵管

放开粗大的喉咙

和拍岸的涛声一起

合唱建桥人豪迈的交响曲

汇聚成工地上雄壮的主旋律


在大桥建设工地

脚手架茁壮生长

这些紧密团结的钢铁

脚踩江底，头顶蓝天

把中国创造举向碧霄之上


在大桥建设工地

我久久仰望

云端下的塔吊，伸展手臂

吊起建设者的壮志

吊起创造者的豪情

吊起世世代代的期盼

吊起宏伟、壮观、震撼……

这些让人心潮澎湃的词语


## 和一位工人师傅握手


在大桥建设工地

和一位工人师傅握手

被生活反复锻造的手掌

粗糙，坚硬

就像一块有体温的铁

手背暴突的青筋

一定涌动着用来淬火的热血

出炉的钢铁，只有在这双手里

才会变成真正的钢铁


就是这双手

深入钢铁与钢铁之间

有时是一颗螺丝

不知疲倦，拴紧未来的梦想

有时是一把扳手

加班加点，扳牢生活的希望

有时是一把铁锤

坚韧隐忍，日日月月

为执着的信念打桩

有时又是一只焊枪

焊花怒放

是它激昂的表达和粗犷的抒情


有时，这双手又很温柔

机声沉寂的夜晚

小心翼翼地打捞

月光浸泡的思念

连同远方一个电话号码

有时，更像绣花姑娘

一笔一画

把牵挂写进薄薄的汇款单里


此刻，握住这双手

我只想向它致敬

致敬它的质朴

致敬它的力量

致敬它劳动的信念

致敬它创造的光荣

## 走近钢铁

从大桥钢架的内部
走近钢铁
铁石浓缩成的力量和信念
排成茂密挺拔的铁的森林
经过烈火反复煅烧的铮铮铁骨
在柔美的江水之上
构筑成直观的力学原理
支撑起另一种形式的美

走近钢铁
走近手挽手肩并肩的阵列
走进头颅高昂身板笔挺的队伍
屏住呼吸
听钢铁无声地呐喊
你一定会理解团结的价值
坚韧的含义

走近钢铁
用手轻轻抚摸
就会感到血液在涌动
像涨潮的江水
就会感到自己的骨骼
铿然作响
而且，慢慢变得无比坚硬

# 飞虹之歌

王　芳


在云端，伸手就能摘到星星
仰望桥墩的高度，澎湃的心像江水
延绵起伏 11 千米长度
斜拉 1092 米主跨的世界之最
主塔 325 米擎天支柱
沪通大桥的追梦人
抒写着一个"高、大、新"的传奇


沪通大桥，60 个月的工期
虹起长江口，建设者们集结地
有多少英雄，跨马扬鞭
以钢铁为骨，筑牢定海神针
以江水为田，汗水为苗
播撒着五谷丰登的诗意


沪通大桥，有英雄泪，儿女情
蓝天，是设计师的画布
滔滔江水，是工程师颜料
高高地脚手架

就是建设者们演奏的飞扬音符

一号墩、二号墩像一对相亲相爱的情侣

沪通大桥，建设者们用心血浇灌的花朵

正在长江两岸节节拔起


多少个斗转星移，多少个栉风沐雨

建设者们置身风口浪尖，日夜奋战

与塔吊、模板相亲，与钢筋混凝土为伴

与江水浪花对歌、与电闪火花缠绵

把冷冰冰的钢筋水泥

编织成江南的杏花春雨

美得令人心醉，美得辽阔壮丽


用严谨、规范、锻造每一道程序

用创新、精品打造世界一流工艺

长江，架起了南北两岸一道彩虹

沪通大桥傲然屹立，这是时代的新创举

从此，长三角没有望江兴叹的遗憾

从此，两岸家园花香鸟语，生生不息……

# 沪通长江大桥的口音（组诗）

钱雪冰

## 吴 语

一道雕刻时光的长虹
绕到日子边上
仰起头颅或者低下头颅
倾听
尘世深处的风声　雨声

黑夜沿直线走来
灯火左避右让
不得已开口时
又相互谦让着　各自后退三寸
彼此把前沿阵地
交给对方
干戈之争瞬间点化为玉帛之好

涛声浩荡
一条鱼又一条鱼　游出星光
鱼与长虹之间

隔着长长的季节

季节把劳动搅拌成混凝土

把美搅拌成混凝土

把理想和梦搅拌成混凝土

把力量搅拌成混凝土


他们姓甚名谁不重要

是男是女也无所谓

工地上　真正不朽的

只有劳动

只有美

只有理想和梦

只有力量


## 南通话


爬上主塔横梁　筋疲力尽

坐下来歇一歇　看天边云卷云舒

看脚下人去人来

递上微笑　关切

不拖泥带水

不别有用心

用强者的脚步鼓励自己

用塔顶的美景打动自己

让自己的脚趾头觉得

向上　是唯一的出路

牙齿咬着牙齿

每迈上一个新台阶

汗水在脸上写下一笔

横平竖直　外圆内润

不追求速度

不奢求轰动

沿途与鸟呀云的

说说家常话

在风雨之中　信奉

风雨是最明亮的阳光


及至豁然开朗　主塔被踩在脚底

只剩下

更高的天

更阔的地


## 下江官话


焊光　塔影

风大踏步从天空走过

一张张脸　直面阳光

耳畔马蹄声急

由远及近　由近及远

几声马嘶　咬住谁的耳轮

不放


舞台上　唱念做打继续

回家的打算一再推迟

举杯邀月　对影成三

激情的演出　化激情为真情

秋虫坐在江面　如痴如醉

跟着情节起伏

浅吟低唱


江月西斜　背对大桥的

那一张张脸　俯身

捡起一地玻璃破碎的声音

此时　酒正穿喉

宛如刀子被闪电击中

瞬间　记忆里的青丝

已老成一头白发


一头白发　固执等待

黎明平静而优雅地到来


## 英　语


拐几个弯

给自己充裕的时间

思考

春花秋月泼洒人间的

恩情　为什么总被

新设备新工艺　袭扰

从圆弧到圆心

从圆心到圆弧

相等的距离　方向相反

到达目的地的时间

为什么相距日月之遥


拐几个弯

并不会迷路

收住被一条大水喊停的脚步

表扬塔尖上的云朵

几句　再若无其事

往回走

见到熟悉的陌生的问候

只说自己出了趟远门


面含卑微　心存高贵

蹲于桥面

对拉索上不懂装懂的

几声鸟鸣

点点头　示意它们嗓门小些

桥下一窝鱼仔

刚刚入睡


## 普通话


端端正正　不卑不亢

即便一碗水该倾斜时

面沉如水　不让重心

发生丝毫转移

给阳光以掌声
给露水以掌声
露水被阳光消灭
同时给它们以掌声

脸色似釉
按设计好的程序
谈天说地
花开了花落了
心底的波澜始终掀不起
浪头

与酒保持三尺距离
与火和冰保持三尺距离
距离产生了美
干脆与爱也保持三尺距离

不唱　但从不吝啬喝彩
只不过喝彩内敛　节制
像安顿在江边的小日子
有点盐
便感觉生活有滋有味

## 初冬：掀起沪通长江大桥的新盖头

1

钢筋水泥很熟悉
钢筋水泥浇灌的名字很陌生
想不到沪通长江大桥几个字
可以泡一杯酽酽的茶
生津　解渴　暖胃
抿一口　有点小苦
再抿一口　有点小甜
一直抿下去
世界的模样
就是幸福的模样

幸福的模样是什么样的呢
天边云卷云舒
眼前花开花落
脚下　就是灵魂的故乡

2

大河是长江
那么多的水　拥挤着
从远方奔跑而来
跑到膝下的时候
它们大都只剩下

几声叹息

在初冬　这样的叹息
格外动人　多少双眼睛
不远千里　只为收获
江南江北一眼温馨的眺望

这个季节　饱满的寒风
打折贱卖
鲜有人问津
这个季节　这个眺望
涨价百分之三十五十
依然供不应求

3

大水之上
白云之上
蓝蓝的天

月光之上
星光之上
蓝蓝的天

还有什么必要走马他乡
寻找哒哒的蹄声
还有什么必要等待一朵花
为岁月书写一段注释

今日　今夜

大水之上　白云之上

月光之上　星光之上

那一汪浅浅的蓝

足够每一位丹青高手

描绘出一条

崭新的巨龙


4


阳光的船只

正在枝头　扬帆

跌入草丛的鸟鸣

像汽笛　通知一颗颗露水

提前作好远航的

准备


那些花　报得出姓名的

报不出姓名的

纷纷鼓涨着一张热情的脸

希望路过的风

给它们一声承诺

让它们有一个念想

它们的前世今生

与沪通长江大桥扯上

或咸或淡的亲戚关系


在阳光下停留的脚步

就像驻扎于南北主塔下的翅膀

不鸣而已　　一鸣惊人

不飞则已　　一飞冲天

## 5

比月光暖

比阳光凉

不低于山峦起伏的坡度

不高于每一分钟

历史的心跳

比茶淡

比人情浓

崭新的图腾

像隐隐约约的马嘶　　割据

心灵的某一个角落

能不能完成奔腾之势

取决于投不投眼缘

取决于逢未逢知己

那动人心魄的一跨

便是 1092 米啊

足以使内心躁动的城市

像百里外平静的海水

制造出　　一片

不可言说的辽阔

# 工地，美丽的家园（外一首）

犬 耕

以前的工地，晴天只有灰尘，
雨天满是泥浆。
纵然，远方的家乡，已经春暖花开，
自己的心扉，向往着蓝色的大海。
而我，却在噪音里，
面壁灰色的混凝土，
或者，带着晒黑的脸膛，
囚禁在钢铁的牢房。

沪通大桥，你是否也如这般模样？
开工之后，我带着忧伤，
来到江中吹填的人工岛上。
这一眼，点燃了我绿色的希望：
这里，就有宽阔的马路，
有成片的绿草，
有清洁工、有烟灰缸、有垃圾箱，
垂柳的新枝，在我的心底荡漾。

这儿，在建成的桥墩之下，

在每一寸裸露的土地上，
建设者，给贫瘠披上华丽的衣装。
红枫给我热情，绿草给我希望，
黄色的花朵，让蝴蝶和蜜蜂浅吟低唱，
干活累了，我可以随地而卧，
看流星落在家乡，
看小树追逐斜阳。

驻地，活跃着 20 多对夫妻，
每逢节假日，探亲的孩子，
把院子打扮得笑声朗朗。
王沪通，李沪通，杨沪通……
孩子的名字是沪通大桥给起的啊，
伴随着大桥孕育，伴随着大桥成长，
等他们长大后，所有的工地，
都应该是沪通大桥的模样。

## 工匠的力量

夏天，工地翻腾着滚滚热浪
工人们早上出门的时候
穿戴的，还有模有样
到了工地，身躯就成了钢筋
就成了钢桁梁
一节节杆件，就如魔术一样
组装成一道蓝色的虹
横亘在长江口上

晚上回来的时候

衣服已经湿透

脸上有的是油漆，有的是泥浆

"嘿，你怎么变成了蓝巨人的模样？"

"嘿，你怎么变成了灰姑娘的模样？"

工友相见一笑

只有漏出的牙齿

还是一样的晶亮

这个年前的冬天，天还没有亮

班长已经站在了院子中央

他在清点着人数，声音朗朗：

"今天，钢桁梁合龙

明天，我们就可以拿着机票返乡。"

他的周围，人越聚越多

工人们个个摩肩擦掌

呵出的气体，凝结成霜

暖暖身子，就要奔赴现场

晚上回来的时候，已经漫天星光

我们斜披着衣裳，踉踉跄跄

把智慧和力量，毫无保留的

洒在了钢桁梁上

桥墩得到了呵护

钢梁得到了滋养

今天，钢铁巨人成功握手

从此，钢拱桥再不怕滔滔江水

再不怕狂风巨浪

工人们的早餐马马虎虎
怀里揣一份干粮
上班的路上就能吃个精光
中餐，一定有充足的营养

# 我以这样的方式过江

浦敏艳

1

我向来以这样的方式过江
一渡口　一舟子　一声长长的汽笛
夕照里老父踟蹰的身影
我挥手　挥不去涉江而别的离愁

我不知道那曾是何时的梦想
是始于百年之前
伟人大纵大横的建国构想
还是近年规划交通史上举重若轻的一笔
在这茫茫碧涛上幻化成真

这年岁竟来不及回味
慢车马年代一点式微的伤感

沪通大桥　天堑通途
通沪　通苏　通嘉　通锡……
四通八达

我以这样的方式过江

一脚跨出长江南岸的常阴沙

一脚便踏上了那一头的天生港


唐诗宋词里的离愁别恨

瞬时失去了承载的渡口

没有了出发　便没有了到达

连心跳　情绪全都省略

从此　作别了浓彩重墨的离别剧幕

"抵达"之于长江两岸

来不及回味　无须描绘……


2


那一年之始　满载重荷的车队鱼贯而来

筑桥队伍敲锣打鼓

在长江两岸安营扎寨

春潮涌动油菜花铺满大江南北

溽暑江面逆射灼灼的粼光

一片片麦浪翻滚过蓝天白云下的大地

冬云沉沉雪花飘零的时候

那高高的桥墩已竖起伟岸的身姿


大浪奔流　黄帽　蓝衫　古铜的肤色

几千次的伏身　几万次的仰首

粗糙开裂的手掌托举着使命

醇厚的号子　饱胀浓挚的愿望

沉闷　迸发　浓重的楚音湘语

回旋于沙滩　芦苇　浩渺烟波之上

江风　猎猎作响的红旗

沉默无声的船坞和他们一起见证

属于长江尾闾的崭新篇章

人们凝眸

江波之上　一脉长长的绸带

化为乐曲　凝固又跳跃

它舞动独有的节奏

桥塔　桥墩　桥堡　是停顿点窦

桥上桥下的车辆舟楫拜谒

是灵动铮鸣的音符

碧空之下闪闪发亮的斜拉琴弦

鸥鹭与云彩相会　是指尖在弦上飞舞

蓝色框架的无限延伸

是拖曳悠长的徐徐余音

……

3

江上来人

听过南朝昭明太子清冷的箫笛

浣溪沙般零落在水面的吟哦

水绘园流传千古的挚爱忆语

苏州园林亭院楼台的宛转嵯峨

来或往　车流奔腾

交汇着城市的信息

上海　苏州　湖州　通州
虹影映照着长江
裹挟着甘冽的城市气息
搅动一江灿烂星辉
繁荣　富庶　诗意　未来
汇成江流　浩浩荡荡　永无止歇……

# 你，我，我们

朱立娟

你一只脚占据了一个足球场大的空间
你的身高险入云端
你一步便跨越了长江两岸
连千年翻涌的江水
都臣服在你的身边
你仰卧的身躯
横跨华夏大地十余里
你一眼便望过了村舍、农田、高山
和两个城市夜色的迷离

你是那么高大
那么宏伟
而我
却十分渺小

我身高不过 2 米
体宽不过 1 米
我一步只能跨出半米的距离
我甚至无法将你的一根头发抬起

可是

我却创造了你

我知道

这是让人难以相信的奇迹


哦

是的

不是我

是我们


是千百个，我的兄弟

我们几乎有着同样的形体

我们都戴着圆圆的帽子

身着蓝色的外衣


我们攀登在你的每一处身体

我们还不曾见过你

但你的样子

早已日日夜夜

魂牵在我们的梦里


我们从不懈怠地搭建

你的躯体

我们生怕你出现

哪怕一个细小的问题


可你庞大的身躯

常于高山流水相抵

为了让你站稳脚跟

我们深入水底

在未知的世界里对抗污泥

为了让你健美雄硕

我们踩着一根根钢筋

险些爬入云里

一边编织你的皮肤

一边让我们的皮肤

接受太阳火辣辣的洗礼

为了早日与你见面

我们成了永远不回家的爸爸

成了一直流浪的儿子

不要问我

为了什么

日复一日地劳作

我似乎也不知道为了什么


也许就是

这个地方需要我

也许就是

想与你见上一面

也许就是

有了你

天南地北的我的兄弟

可以更快地与家人团聚


也许就是

为了我们帽子上那个熠熠生辉的标志
它闪烁在世界各地
见证了你和我们存在的意义

# 古城新桥

祝冯火

那是甲午年的一个春天
温柔缠绵的江南　下起一场微雨
低吟浅唱的江水中
映影着那座古城的古朴和悠韵

就在这座城的码头边上
一群设计师们　闲庭信步
在天生港上
画了一道俊逸秀美的身姿

时光流淌　岁月潮起潮落
意气风发的勇士们
正在挥毫泼墨
为这历史名城中添一道现代的文明时尚

仿佛一条飘在天空的蓝色腰带
通达八方四海
一头连着申城的八街九陌
一头系着紫琅的万家灯火

你瞧见没
那涌动的钢筋分明是跳动的脉搏
奔放的混凝土是坚固的血肉
一个鲜活的生命体即将于此诞生

就像一条憩于江中的巨龙
横跨天堑沟壑
以静卧的姿态
躺在大海的心脏

你终将看见　这条蓝色巨龙
在历史的长河中觉醒和腾飞
带着中国人民的共同梦想
追随着流水和船帆抵达远方

# 桥之韵（组诗）

金 益

## 长江大桥

每一条江河都怀有乾坤的使命。
人们在长江上建大桥，那是豪言壮语，
望长江南北浪涛将寥廓一词守在笛声里。
楚天舒，铁骨飞驾白云把远山接近。
百舸争流，没有一面旗帜多余的。
君住了长江两岸。
将岁月之驹赶在温暖的归宿里，新的捷径，
踏着历史的浪尖，守一世繁华。

## 通沙汽渡

摆渡，阳光一样明媚的词语
我在你的上游，亦或是你在我的上游
过江了一次奔腾的行走
只是我们的呐喊在笛声里止不住
买票，检查，上船，享受这一切

还可以与人分享，几只白色的水鸟
黄昏向着十公里的江面
每一位老船长，江水波澜
痴情地凝望

## 落　日

落日与江水不能平静，还有那些石头。
我几乎有种冲动，取出自己，饱享世界。
心情从渡船离开码头开始，女人把头埋进
海平面不停地咳嗽，指缝间的光未完成的回忆。

## 大桥记

我的梦中有一座大桥
沿着长江焕发彩虹的光芒

桥梁林立，天空深深的蓝
船只在桥下从不停留

在那里，人们聚精心神
人声鼎沸成为嘹亮的号子

似有神龙，不见来踪，不见其尾
在风中遥远而庄严

三十年前长江滚滚,茫茫天际
不让挨近。今一看见就激动

## 桥的走向

水的流向我的旅程
叙述隐若在涛声之中

你的笑靥过于明亮,以梦为马
霞的潮汐,仍然是一种欢喜

吹远了的是风是你情窦初衷
没有人知道　因为一朵浪花而感动
倾听上岸的汽笛
留意剪影有多么的美

好像故意,任由桥延伸出来
天空上一缕光相望我的另一岸

# 远方的使命

下　南


你站在夕阳投射的阴影里

看起来如此渺小而无助

可那笑声却爽朗清甜　随风飘荡

垂柳扬起的瞬间

长江化身为山泉　叮叮咚咚

你始终抬头望着半空

仿佛踮起小小脚尖

就能触碰流动的霞光

可你不知道　我听不见　也看不到

因为这座大桥啊　只有叮叮当当

远方

只剩无尽的喧嚣


我勾着背　敲打一颗螺钉

那里是离天最近的地方

它巨大的身形在不断地回响

一个转身就是我们最遥远的距离

风　夹带着油漆的味道

掀开了下一次前进的方向

那个地方始终是前方

可我不知道　你的等待

总是与落日作伴　还散发着你的香

然而这座大桥啊　只有叮叮当当

前方

还有无尽的喧嚣


我们都在等待一个重叠的日子

只有当你入睡的时候

我们的笑容才会荡漾成一条弧线

可是当你醒来的时候

那些日常　竟会跃然纸上

成为你我常有的惦念

我低头　看见柳条飘飘

你的小手

拿着狗尾巴草　指向高高的地方

那远方的人啊

用蔚蓝色的钢板为你刻录每一束时光

那是不眠的喧嚣

# 琴弦和音符

孙雁群

桥嫂的名字叫"琴"
她对大桥人的爱
就是滔滔江水永不停歇的
琴声

那一道道飞架南北的长桥
就是钢筋铁骨的琴弦
一条条,一根根

她的丈夫
一个名字叫"海"的大桥人
一辈子的热爱
就是追逐河流的方向
芜湖大桥
苏通大桥
大胜关大桥
用桥梁沟通道路
用钢轨连接桥梁

2014 年

虹起长江口

波连张家港

沪通大桥

世界最大跨度的公铁两用斜拉桥

要拉开琴弦

描画彩虹

带着沪通铁路、通苏嘉城际铁路、锡通高速

和梦想一起起航


3 月的堤岸　菜花朵朵

9 月的滩涂　蒹葭苍苍

灰墙红顶的"大桥村"

横平竖直的脚手架

江风猎猎，红旗翻飞，人来人往


1092 米的主跨

是大江的奇迹

"1092 大道"

是大桥书写在陆地上的诗意

325 米的擎天柱

16000 吨的沉井航母

全新结构的箱桁组合

大桥人呕心沥血

合心聚力

传递着结构和线条

传递着力量、速度和勇气

温柔的笑脸

走过洒满月光的土地

桥嫂的脚

踩热了路，踩热了心

踩矮了大堤


强健的身躯

凌空的画笔

站在世界最高的桥塔

大桥人的手

描画着点与线，路与桥

相聚和分离


巨龙飞越天堑

科技创造奇迹

热爱大桥的夫

和热爱通往大桥道路的妻

琴和海

就是两个小小的音符

和长江上最美丽的琴弦

沪通大桥

串在一起，连在一起，歌唱在一起

# 致沪通

陈　涛

我如果热爱大桥

绝不痴迷凌绝九霄的主塔

借你的高度俯瞰江河

我如果热爱大桥

绝不沉醉蜿蜒磅礴的跨度

为天堑描绘缤纷的长虹

也不止爱沉井

坚如磐石的深入大地

也不止爱钢梁

增加你的柔美，与水天的颜色交相辉映

甚至墩台

甚至拉索

不，这些都还不够

我必须亲手去打磨你的每一个细节

作为父亲的形象和你站在一起

爱，融入到混凝土

怨，消散在风雨后

每一次成长

都是自我升华

但只有执着的坚守

才能读懂大桥的心声

你钢筋铁骨般的身躯

像跳跃的麒麟，像穿云的游龙

我有粗糙的双手

厚重但不失灵巧

还有鲁班给予的智慧

我们必须经历骇浪、飓风、霹雳

也一起享受霞光、雨露、星河

心中永远装着蓝图

却又不舍这建设的点滴

这才是伟大的事业

书写在这沙洲的江畔

不仅爱你伟岸的身躯

也爱你连接的两岸，足下的长江

# 长江里的爱情（组诗）

紫　蝶

## 大桥的呼吸

一条长江，源远流长
一座大桥，守护梦想
想把大桥的呼吸
献祭，让你身上的重量
成为一段彩虹的新生

沪通大桥，你有一颗强大的心脏
和着你的脉搏，倾听你的呼吸
你还有着和建桥兄弟们一样
超越而精益求精的襟怀

海阔天空的江之尾海之端
我看见一艘艘巨轮驶入长江口
黄盔帽，红马甲
淳朴的目光
指挥者手中的图纸
量化成几百米高的斜塔

这"高、大、新"的宏伟工程
蕴育出无数的"沪通之星"、"建桥明星"

时光，倒影在江水的旋涡里
我看见沪通大桥的身形
奔腾于长江的呼吸之上
在时代的铿锵里呼啸，昂扬

## 江水吟

是旭日，用光的手臂
掀开大桥建设者神秘的面纱
来自天南海北的工人兄弟
头顶烈日，脚踩寒冰
日夜挥洒的汗水
融入起伏回旋的江水

大江东去，波飞浪卷
百舸争流，烟水苍茫
你们在这里摆开战场
一座大桥，会承担起新的时代重任
南通与上海连成一串珍珠
放飞我们心中的梦想

在沸腾的建桥工地
我的内心被炽情点燃
一张张面孔黝黑的汉子

将 48 万吨钢和 310 万吨水泥

筑成擎天的桥墩

主跨 1092 米的斜拉桥

将在 60 个月的风雨中

用钢铁和混凝土

刷新东方桥梁的世界之最


## 致敬，我的造桥兄弟


广阔江面波光粼粼

浪花撒一网斑斓

江中心主桥墩工地

陡窄的脚手架

数十米的高塔

工人们在钢筋搭建的脚手架上穿行

灵活的像蜘蛛人一般


高高吊索塔，是你们手中的巨笔

你们用它画一架桥梁，跨越天堑

公路铁路，双层飞架

南北交通，宏图大展


我可敬的工人兄弟

攀上高高的脚手架

拧螺丝、板钢筋

看你们不惧寒暑操作自如

这是一群新时代最可爱的人啊

你们远离亲人

以工地为家

夏天烈日灼烤

冬日吹袭寒风

手臂没有爱人温柔的爱抚

膝下没有儿女笑聚的欢欣


致敬，辛劳的造桥人

祖国的大建设成就了你们

是你们

用桥梁搭起的彩虹点缀岁月

用理想、意志和汗水浇注

人间最美的风景



## 长江里的爱情


夜　把思念搬到江面

28 号主桥桥墩工地

我把一朵梦种进去

并取了一个溢满芳菲的名字

大桥之恋

江水一点点静下来

思绪在玫瑰的水面之上

随风飘荡


红色的帽盔

一如我们火红的爱情

今夜　你是我梦中的甜蜜

一窗如洗的月色

是你凝望我心扉深情的眼眸

在轻轻盈握的掌心里

有你传递的一缕清香

踏实　安然

洋溢着热情


今夜　我不能和你相守

无数次思念的清愁在心灵舞动

我们的爱情

将流淌着一份念你的清纯

待到大桥通车的那一天

我一定接你

来参观世界一流的杰作

让大桥见证我们的爱情


## 沪通大桥安全生产墙


大桥 28 号主桥桥墩，我看见

这红色大字"安全生产 1208 天"

一串吉祥的数字

就这样披星戴月地走来

跳进我的眼帘　拨动我的心弦

蓝天白云系在江欧的翅膀上

"安全、优质、兴路、强国……"在工地

是这些钢筋水泥般坚固的字眼

闪耀着日月的光华

流淌着江水的激情

见证了桥梁兄弟钢铁般的豪情和壮志


时光一分一秒也不懈怠

打磨着人间万物

仰望施工中的主塔　最终高度为 325 米

而 120 米高的桥墩像一根根胸骨

正慢慢拔向梦幻的高度

# 桥

庹立新


坐在家乡的石拱桥上，凝思、遐想

有人问我理想是什么？

长大后当一名工程师，造好多桥

长大后慢慢知道

桥有很多种，有的很长、有的很宽、有的很高……

还有斜拉桥、悬索桥、钢桁拱桥……

如今我望着长江

左边是南通

右边是张家港

一座世界第一主跨的公铁两用大桥

正在我们这一代人的手中成长

6 千米的江面看不到对岸

沪通长江大桥，承载多少人的梦想

2014 年 3 月，沪通长江大桥开工建造

那时，江面上潮起潮落，一片水连天

荒芜的滩涂地绿草如茵两岸延

如今，水中墩与两岸的桥墩已连成一线

两岸引桥春笋般的墩身规模显

桥的沉井基础在长高

钻孔桩在江中一根一根嵌牢

长江，因为沪通大桥的建造而妩媚，

更添*丝丝*轻盈、*丝丝*曼妙

无论白天黑夜，四季轮回

如虹卧，如练飞，如云绕

历史的烙印，多少人的辛劳

再多的灵性文字，尽显生涩多余，因在这里

桥已是诗、已是画，分外妖娆！

# 一座大桥的史诗

张国雪

今夜，我要出发
去看一座桥，去拜谒
一座跨江大桥的史诗
轻提白鹭优雅的脚步
拨开江边柔软的青荇
繁星一样的露水
瞬间
把大桥点亮

南来北往了千年的风
此刻，屏住呼吸
大桥洒下微咸的汗水
被游过的大鱼吞噬
盲人摸象的游戏
大鱼乐此不疲
江中座座小山似的桥墩
把大鱼转晕

今夜，我要出发

去看一座桥

我提着萤火虫的小灯笼

我的家族世世代代

望江兴叹，如今

我终于可以滑落

任意一个铮铮斜拉索

任意一个海蓝钢桁梁

一步一震撼

一步一惊艳

这是我飞过最旖旎的

风景


今夜，我要去看一座桥

我从唐古拉山来

一滴纯净的雪山之水

驱赶内心十万头雪豹

可是，在沪通铁路长江大桥

顷刻，我化作十万头

洁白的绵羊

和千堆雪

而大桥，灿若彩虹

矫若惊龙


今夜，我要飞往一条大江

银灿灿的江水

烟波浩渺，波涛万丈

江北有牛郎

耕种良田万顷

# 大江飞虹

江南有织女

织就锦绣江南，殊不知

一桥飞架南北

气势如虹，天堑变通途

我就势收拢

喜鹊的翅膀

停伫高耸入云的索塔

一览江南江北

好风光

其实今夜，我哪也不去

长江就在我身旁

彻夜聆听她

心跳澎湃的交响

沪通铁路长江大桥

稳稳飞跨大江之上

建设者们超时限、超负荷

超强度，深情抒写

一座大桥的宏伟史诗

双手托举钢铁长虹

迎来一个又一个

喷薄的朝阳

# 建桥女工（外一首）

任婷婷


在江野上弹弦
每天，都能感受到
月亮皎洁，会为他歌唱
波涛轻盈，在为她舞蹈

看，她今天的眼波里
还流转出昨日的月色
连他工装口袋，都揣满了
偷偷掐下的浪花

月色沿着栈桥摊开的影子
俊秀得就像座安全的城池
浪花朵朵扎成花海
亮丽得如同她的梦
和此刻，臂弯里的笑

## 你一直在

当，我凝视
这一条湛蓝的钢桁梁时，它
吸附着　蜿蜒着
我的目光
壮硕而粗犷

当，我摩挲
这一块湛蓝的钢桁梁时，它
牵引着　粘连着
我的手指
细腻而清润

我看到，它
馈赠于我的回眸
甚至，是那样
温柔纤细的怀抱
这，让我欣喜又感动
条支架，衔绕而上
一根挽着一根，沉稳坚韧
向着，不远处的墩身
探寻延伸
这一切，是那样新鲜
或又自然如常

我在每一节钢桁梁里，刻下
你的名字
来时，每一次回首
江水依旧
你，一直在

# 平生痴绝处凌波飞虹（外一首）

朱　瑶


我们
是这样一个群体
遇山开路
遇水架桥
大地山川
哪里有天堑险阻
哪里就有我们


建了半辈子的桥
连做梦啊
都想建一座超级大桥
建桥人的坐标系中
只有完美的作品
才是荣光的标识


沪通长江公铁两用大桥
肩负着多项世界之最：
325 米的最高主塔
相当于一百多层高的楼房

86.9 米 * 58.7 米的最大沉井基础

容得下 12 个篮球场

1092 米的最长斜拉桥主跨

唯巨人才如此阔步

……


造这样的超级大桥

是历史的机遇

是我辈的幸运

造这样的超级大桥

才能让祖国

从桥梁大国

跻身桥梁强国

……

时代

呼唤着大国工匠


我们来了，大桥指挥部来了

中铁大桥勘测设计院

中铁大桥局

中交二航局

铁四院

铁科院

……

长江之滨

铁甲集结

三千男儿

中流击水

天降大任

我们怎能辜负

历史的重托

前贤的期望


多少专家　　薪火相传

呕心沥血

焚膏继晷

才把梦想绘成蓝图

多少桥工　　子承父业

筚路蓝缕

开山劈水

誓将蓝图化作蛟龙


罡风雷电翻脸无情

潮流泾流暗潮汹涌

淤泥粉砂懒散拒绝合作

长江航道安全如剑悬首

······

挑战重重

困难巨大

但我们的决心更大

造一流的桥梁

怎能没有

一流的胆魄

一流的技术

28 号主塔墩

拥有傲骄的体量

出坞入水的那一刻

他竟跳起"酒醉的探戈"

我们的技术专家

祭出"锚墩＋锚桩"的高精术法

拨正他的姿态

让他乖乖抵达域场

有了这枚定海神针

整个气场都不一样


严格的制度

精细的管理

也将我们纳入

标准化的矩阵

起一当一止　起一当一止

如同戚继光的练兵

举手投足　招招规范

越闪腾挪　在在合矩

超高空作业

讲的是进退有序

俯仰有据

……

生命安全

工程质量

生产进度

全赖制度的保障

大工业管理的标准

让工匠精神落到实处

仅 28 号墩的施工标准

就写满 124 页白皮书

标准细化到每一步

它流进我们的血液

内化为巧思机杼

外化成手脚功夫

每日的作业

完美如同教科书

不

有时甚至超越教科书


别以为我们粗疏

不懂艺术

我们绑扎的钢筋扎丝

完美如梅花样图

我们浇灌的承台混凝土

内实外光

细腻如美人肌肤


首件制标准化

钢结构验收标准化

场地设施标准化

走道布置标准化

进线管理标准化

防坠措施标准化

……

每一条啊

都是苛严的约束

又是慈悲的护法


别以为我们木讷

不会煽情

我们的诗

只写给大江

我们的豪情

挥洒在蓝天

对于亲人

向来情深语浅

我们会用微笑

传递温暖


饭后一支烟的时候

我们会望一望江南

那边的春天

芳甸如茵

阡陌历历

再看一看江北

这边的秋天，

长空如碧

鸥鹭点点

……


360 度的视野

展示的是未来全景

遥远的南岸与北岸

将告别痴情的相望

纳入一小时上海都市圈

承接沿海铁路南北通道

通江达海

汇通天下

再也看不到商旅羁縻的愁眉

再也听不见山川难越的叹息

张謇、卢作孚们的强国梦啊

庶几实现


白云前兮后兮

光阴千里万里

我们的诗啊

涵风云之润

得金石之韵

奏出了时代强音


请为我们自豪吧

我们是

沪通长江大桥的好男儿

踔厉风发的新桥工

新时代的大国工匠

积健为雄的中国魂

# 这一刻的凝望

我
一座编入序号的桥墩
被设计好荷载的压力
便义无反顾沉入大江
我的使命是扛起梦想

感谢缔造我生命的人
他们在我巨大的腔膛
构建了莲藕般的心房
那是一个完美的内在

2564 吨钢
撑起我的脊梁
27695 方混凝土
筑起我的信念
那些可爱的桥工
用智慧和忠诚
赋予我灵魂
更用37℃的血与汗
为我的品质　淬火

吸泥　下沉
接高
再吸泥　再下沉

# 大 江 飞 虹

为了腾飞的理想

我必须

深度与高度相当


403 个日日夜夜啊

未敢丝毫倦怠惚恍

在预定的主航道上

我绝不会动摇

越是暗流汹涌

越要站得挺拔端庄


2015. 11. 4

13 点 18 分

26#沉井封底

这一刻啊

竟是如此的被盼望


海天 2、3、4 号来了

集结南北　待命身旁

桥工　专家也都来了

各司其职　各擅其长


导管试压　编号

设备安装　调试

泥面标高　检测

一次次试验

一次次测量

我的每一次呼吸吐纳

都被量化成数据
送达管理员手上

即将到来的 48 小时内
桥工们要用 12000 方
水下 C35 号混凝土
持续注入我的心脏
958 平方米的沉井断面
像一张巨大的吸盘
让我在 61.4 米的深处
任性百年　守定大江
从此　任凭风吹浪打
与君朝暮　流水共赏

这一刻啊
所有的仰望
都构成 45°角
所有的注视
都牵动情肠
为了这一刻
桥工们付出了无量

今天
他们的期许
他们的荣光
将以大桥的名义
以日月山川的永恒
被一同封进我的心底
封进长江

# 江水吟（组诗）

唐诀心

滚滚长江东流水，悠悠怅望天地情
在千年的涛声里，那些泥沙俱下的光阴
中间带走，多少情人的泪水

隔着这条江，江南和江北
就像一对渴望紧紧依偎的情侣
临江相望的灯火
用熬红的思念，月色的眼神，于晨夕之间
一手系着轻舟，一手牵着帆影

在这里，我感到心跳，是如此搏动有力
落日低垂在江面，涛声撞击着岸堤
她缓缓舒展开柔软的身躯
让我附下身去，成为一朵浪花，一声涛韵
只为倾听她的高歌，她的低吟

在落日回眸的眼神里，我望着她
宁静，安详，悲悯，她的爱充满母性的光辉
在她躯体里，永远藏着

一种是交响乐般翻江倒海的激情
一种是小夜曲般浅唱低吟的柔情


## 大桥之吻

因为一江之隔
江南与江北，这对金童玉女
以沪通大桥，横跨大江的方式
唱响，大桥之恋
献出，大桥之吻


晨曦中，湛蓝的表白
暮霭里，殷红地倾诉


是旭日，在江水的额头
升起来，在朝霞的诗笺上
印上一枚鲜红的
大桥之吻，在每个黎明
在苍穹 325 米处召唤
召唤风雨，召唤日月，召唤人类
那颗征服苍穹的雄心
每个夜晚，在大桥建设者的心头
吻出月光，吻出星辰
吻出草叶上的梦
吻出凉凉的风声与露水


我想，大桥之吻

就是每个建设者心中的大桥之魂

吻亮了每一个星空

也吻亮了天上人间的爱情


## 沪通大桥安全生产墙


在沪通大桥工地

我被这串吉祥的数字深深感动

多么亲切，多么惊喜

一千二百零八天，就是说

每一天都有湛蓝的江水，流动的晨曦

擦亮我眼中的云翳

就是说，有一千二百零八个太阳

有一千二百零八个月亮

还有一千二百零八个星空

掺和着江水，雨水，汗水

与工友们铁打的柔情，浇筑成

这道熠熠发光的墙

立在低处的墙，每天向上生长

在建设者心中，长出无与伦比的

梦的高度，爱的温度


## 向大桥建设者致敬


我在汉语词典里苦苦找寻

却找不到一句贴切新奇的比喻

我在想像的丛林里采撷

却没有一朵花卉

能够代表，我深深的敬意


不久的将来，沪通大桥

将像彩虹一样横跨天宇

谁持彩练当空舞，唯有中华民工

头顶烈日，脚踩寒冰，日夜挥洒的汗水

融进起伏回旋的江水

而你，只需在江鸥的翅膀上

系上一朵凝望故乡的白云


在长江的胸腔里，留下

你的呼吸，你的号子，你的呐喊

每一声都那么高亢有力

每一句都那么激动人心

我来看你，黝黑的脸庞上

汗水凝成的云彩，飘荡在天际

二十八米桥墩巍然挺立

一个个擎天的巨臂，托起苍穹

托起人类，缓缓到来的黎明


——我为沪通大桥建设者，点赞！

——我向默默奉献的兄弟，致敬！

# 沪通放歌

高谦君

1

又见苍龙
郁郁苍梧腾碧浪
再舞虹影
风驰高铁飞紫琅
滚滚长江在入海前
蓦然回首
但见,一道蓝色的闪电
将黄金海岸熠熠照亮
沪通长江大桥——
世界首座主跨度超千米的公铁两用桥
我生命中最瑰丽的交响

站在300多米高的塔顶
我向蔚蓝的海洋深情地眺望
飞过蓝天,蓝天为我铺开诗稿
越过高山,高山为我托起朝阳
飞过大江,大江为我鼓起风帆

张开翅膀，大海为我敞开胸膛

舒卷的白云为我们打开天地

大海的潮汐在我们胸中鼓荡

乘着彩云，我们挺进一片苍茫

乘着长风，我们在汹涌波涛中再试锋芒

2

三年多披星戴月的日日夜夜

我们以"大型化、模块化、工厂化"展示风采

我们以"标准化、精细化、人性化"打造奇迹

我们历经 150 个昼夜

将世界第一"巨无霸"沉井下沉到位

定海神针显神威，万里长江看我中华好儿郎

我们自主研制了架设钢梁的"中国装备"

我们攻坚克难采用了一系列"中国工法"

我们为世界超级工程制定了一整套"中国标准"

我们以塔柱为笔　蘸江水为墨

在蓝天白云上写下四个遒劲的大字

——"中—国—力—量"

3

骑在蓝色巨龙的背脊之上

我们沿着长江逆流而上

站在桥梁建设新的起跑线上

我们向父辈深情凝望——

万里长江第一桥

托起了共和国崭新的朝阳

从那时起，到今日

我们在长江上共建起 90 余座大桥

大国工匠在长江上竖起一座座丰碑

重现桥梁大国的荣光


从此，我们跨越长江

跨越黄河，跨越柳江、珠江、澜沧江……

我们双履踏平青山

我们激情山高水长

我们呼吸吞吐日月

我们豪情虹飞万丈

总有一种声音在向我们召唤

总有一种涛声在我们心中激荡

远方，海燕的身影如一道闪电

照耀我们奔向苍茫的海洋


4


而今

我们再次洪波踏浪

矫健的身影如海燕翱翔

我们吞风饮雨，披星戴月

巨大的桥墩如春笋

一天天在我们手中生长

蓝色的钢梁蜿蜒前行

那是我们

在滚滚波涛上写下的美丽诗行

我们用智慧的双手和辛勤的汗水

把大桥金子招牌擦得锃亮

我们以夸父的身影在天地间写诗

我们以虹飞的雄姿在大江上写下

三个金灿灿的大字：桥—坚—强

# 港城飞虹（组章）

刘桂红

## 当　春

大江从这里经过，在春天开始筹划，风把江边的小城打扫得洁净、鲜亮，荒芜的草木走丢了一段岁月，又走到了另一段岁月，

桃花十里渡一程江风，凤凰山上听东去水流。

小城苏醒，四面八方的寒冷在左碰右撞，人心里的春色悄然发芽。一棵只是点点心绿，一片即是满城春回。城里认识的和不认识的，有事无事江边走走，走过去还带着寒凉，回来带着青色，春正从江边登陆。

站在江边，鸥鸟传言已古老，止住了人的脚步。风里的一声吼叫，这边飘到对岸，要穿过一个春天。人们盼望春天有道彩虹，在江上。这里的人可以从小城出发，走到对岸，再跟着彩虹、沿着江水一直往前。也可以把江边小城的春色，坦露给每个经过这里的人。人们一个夜晚又一个夜晚在等候着，彩虹在春天的某个日子悄然开始架起，传颂的名字：沪通长江大桥。

## 喜　雨

江水绵长，从古到今不间断，春天来得再缓慢，不会遗失在岁月里。阳光，唤醒沉睡的人心，风雨，滋润干涸的万物，走进这座小城，能听到城市

跳动的脉搏，感受到人心的喜悦。

大街小巷，传说这份喜悦，白云在听，草木在听，谷物在听，城市的每块砖瓦在听，连天空下的每一场雨，老人都说："这是喜雨。"而今年的春天，恰恰每天下几场小雨。

雨天，奔波在大街小巷的人，想的是那道彩虹。

雨中，窗子里面疲劳的声音，说着那道彩虹。

雨夜，小城人忙碌的在江边穿梭，脚下溅起的水花都是快乐。

日子一天一天近了，整个小城看着长江。

## 打 桩

江水流长，云帆穿梭，一座彩虹的架起，从那个描图画的人开始，图画上画太阳的暖，星星的光亮，画江水的奔腾，风雨的侵蚀，画粗壮的臂弯，弯曲的脊背，疲倦的眼睛，暴晒后乌黑发亮的脸庞，还有一颗颗热血奔涌的心脏。

从第一个桩基开始。站在江上的人听歌吟，听风吟，听号子声从远古传来，听机器轰鸣声高过声声汽笛。

风雨袭来时，身躯没有鸥鸟的轻盈，双脚却能扎住 90 多米的桩基，粗糙的大手握着螺钉、钢筋，心却比江水还柔软。

有人只听吹过的江风，有人只听鸥鸟的欢叫，有人只听搅拌机刺耳声，有人只听江水从心底流过的声音，唯独不去听远方传来父母、妻儿的喃喃细语，也不去看天空飘来家乡的云朵。

## 虹 影

春天里的人喜欢走出门去看看，能走多远只有春风知道，小城的人多幸运，只有幸运之神知道。人不能淹没在城市里，城市不能淹没的荒芜中。

太阳出来，照得见天空，照得见草木，照得见城市，照得见走在尘世里的人。人的梦想，在大地上延伸、成真，大地不会空荡，尘世不会空荡，人心不会空荡。

　　一道彩虹，成为长江与小城的约定，一座跨江大桥，成为这片土地的又一次生机。

　　来年，踏上桥的人，心会随江水流得更远更远。

# 想　念（外一首）

李进洲

初秋
沿着星光的指向
在一个想象的角落里
抬起头来
猜测天空中哪一朵云彩
是从你那儿飘过来

又在一个深夜
与你隔屏相依
对你倾述遥远的思念

载着梦想飞到你身旁
这里离天堂最近
伸手可摘下一片云彩
你永远是我心中
圣洁和绿色的净土
是我洗浴心灵的地方
多少人来了去
去了又再来

秋意渐浓

亲爱的

天生港旁的长江

没有多情的格桑花

只有细小的野草依然在长

这个夜里

它们亦和我一样

安静而幸福地想念你

## 致妻子

偶然的相识

你从岭南来到雪域

高寒缺氧

没有击退你的脚步

和我一起在罗布林卡的角落

撑起了一个家庭

曾经也有过花前月下

也有过鸿雁传情

但是

面对海誓山盟后的瓢碗对碰

你选择了坚守

用心去经营

四年后
我们从阳光城回到了家乡
选择了重新开始
你用稚嫩的双肩
担当起来

五年后
有过产房剧痛
有过孤枕难眠
你总是独扛责任
让我把学业尽心
把儿郎抚养

又是一个五年
不同的是
一个在长江头
一个在长江尾

花开花落
春夏秋冬
你总是风雨兼程
真心陪我
一起伴着沪通长江大桥
南北伸长

该拿什么感谢你
明日长桥上
特想对你
说一声
谢谢

# 一座通向浪漫主义的桥

刘迎雨

从这里到那里
江河非银河
此桥非鹊桥

从此岸到彼岸
江川非忘川
此桥也非奈何桥

此处乃人间
此乃一座浪漫主义的桥——
只是一个点到另一个点的位移

只是水泥身子的一座桥
只是钢筋骨头的一座桥
只是藏着人民智慧和劳动的一座桥

"一桥飞架南北，天堑变通途"
只是藏着一对隐形翅膀的一座桥
——此刻，或许它正待展翅高飞

或许意欲敛翅归巢

天高水阔
星光垂泻，一座桥
彩虹般的梦想，更多来自于自身的美德
它隐忍的美德，多像一位父亲

——既爱着云底的一片苍茫
也爱着两岸的万千儿女

# 沪通思绪

陈　凯

我，只为梦见你，伟岸的身影
梦中回眸，追寻憧憬的模样
如果暴雨阻挠了你的步伐，我愿为你遮风挡雨
我们一起走下去

我，只为遇到你，钢铁的身躯
今世相遇，实现昨天的梦境
如果丛林拦住了你的脚步，我愿为你披荆斩棘
我们一起走下去

# 芬芳与厚重：
# 一座桥的热爱和眺望

陆　承

在江南的深厚里，一座桥，

是平仄的韵律，是恍惚的影像，是安静的吟诵，

而在这里，桥成为了真实的勃发，奔跑的力量。

哦，沪通长江大桥，在长江的汹涌中

收敛着激情与锋芒，让美自己言说，

让时代标榜出骄傲而恬淡的流水，

从这里，到那里，此岸到彼岸的距离。

沪通，我不能放下的韵脚终将要在

一首大赋的比兴中获得高高在上的荣耀与微笑。

此刻，一座桥，在江苏的胸口崛起，

以凤凰涅槃的声势，在自我的底蕴里呼唤着

最大跨度与公铁两用的美誉。那贯穿着五年的缩影，

又要在新的征程中领受博大的演讲：

区域交通的热爱中，我是一朵花，兀自开放，

又安然颓废，我是一棵树，在承接的能量中

释放着最大面积的荫凉。让爱成为美的副驾驶，

在兴盛的楼群之间培育着虚无的星辰，

让他们成为另一种光源，照亮前行的路途，

即使阴霾，即使险阻，

也会通过这场战役的节点与传输带。


顺着桥的光影，沿着狼山的豪迈，我来到，我站在

这至高的控制点，点击典籍，酝酿传奇，

让长江的水倒流，让天上的银河可垂，让母性的乳汁

成为绝无仅有的眷恋，滋养着这些林立的工厂，

繁茂的机械，长出财富与拥抱。

我站在空气之桥上，或桥溶解着我的思绪，

在叠加的梦幻中，我成为

沪通铁路跨长江大桥的一块铁，

引领着舒缓的合唱，穿越南国的宁雅。


一面桥，在辩证的求解中拆开，会成为

悲伤的泪水，思念的秋叶，还是曼妙的舞姿？

一座桥，有两种轨道，每一种都印证着

深邃的风貌，在双山岛的映照下，

生活恬淡，岁月如初，

桃源的现代性表述，多么斑斓，多么安逸。

让辛劳成为放松的方式，让汗水浸润着科技的光晕，

而我，一个游客，在暨阳湖的禅示中读懂了

人生的部分篇章，存在着的奇异，会在幽美的景色中

穿透时间的盾牌，留下一曲空旷和清新的丝作婉转回味。


沪通铁路长江大桥，让不相干的词根交媾成绚丽的途径。

美，得到的重复越多，就越能彰显美的特质与自信。

在濠河，我要停下匆忙的脚步，
用这纯粹的水滋润浮躁的心，用这抽离的水
洗涤虚夸的肉身，用这诗意的水营造浪漫的
弥漫与恍惚。在沪通铁路长江大桥的
正面或反面，留一串温润的
珠子，在暗夜独行的时候，提醒着温度与湿度，
在树木之间化身为鸟，或无名的虫子，
在浩瀚的装裱中，
喷洒着硕大的月亮，让田园与都市的双重意象，
在这里得到全方位的陈词与一体化的眷顾。

她不是一座桥，在她的身上有着无数座桥，
看得见的和看不见的，这些涌动的桥，沉默的
桥，输送着多少梦想与青春，在晨曦与夕阳的交接中；
衔接着内与外的奋斗。平凡的事物
总让我们淡漠又令我们垂涎
在虚妄的眺望中，我看到
沪通铁路长江大桥的前生、今生与来世，
看到一方水土成就的璀璨与秀丽，看到
一颗心的持久与绵薄的颂词。

# 为你写诗（外一首）

蒋红梅

假如我能为你写一首诗
当江上奔驰的轮渡
浸湿十二个刻度
当豪气蜷伏着河床
灰色的螺栓
蓝色的钢桁梁
链接着旋转的力量

假如我能为你写一首诗
当2000多方的混凝土
深入密密的钢筋林
当庄严庞大的墩身站在两岸
蓝色威武的钢铁攀爬在江上
一条巨龙若隐若现

假如我能为你写一首诗
好像终于看清你的脸
为速度做见证
见证多少建桥人午夜无眠

惊醒一床床宏伟的梦

把你从远远的省份带来

给你一张蓝图，要你执着地描绘

且不许你思念


## 因为风的缘故

昨日我沿着河岸

漫步到

蓝色钢桁梁弯腰喝水的地方

请白云

在天空为我写一封长长的信

潦是潦草了些

而我的心意

则火热亦如你 Duang Duang 的铿锵

因为风的缘故

此信你能否看懂并不重要

重要的是你务必

拼出完美的英雄版图

赶快淬炼钢铁的气魄

赶快燃起混凝土的战意

以见证人的身姿

把建桥人的传奇带向远方

# 一座终将载入史册的桥

彭　程


大卡车轰鸣着雀跃穿梭

挖掘机欢腾着昂首前行

起重机吊起夕阳　热火朝天

一座座巨无霸的桥墩，在江上

以神一般的速度

拔地而起，直指苍穹

向着江岸天际，延伸

那一串灰白相间的钢琴键

合着江水的节拍，火热的工地

奏出天地间最美妙的交响曲


抬头望

一座跨江大桥的轮廓

经过严密论证、科学施工

从图纸上冉冉升起，穿过

奔流不息的浩浩长江

将两座滨江之城

串连成一个整体，血脉相通

从此，天堑变通途

从此，江上跑火车
从此，两岸分秒达
都不再是空想、假想、梦想

不敢想
那些忙碌的身影
钻坏了多少把钢钎铁钻
用掉了多少吨水泥钢筋
熬过了多少个白天黑夜
吃下了多少碗盒饭泡面
流淌了多少滴汗水热泪
成就了你，沪通长江大桥
世界最大跨径公铁两用斜拉桥
一座钢筋混凝土的巍峨长城

江水拍打着堤岸
江风深情地呼唤
日月星辰见证着　成就你的
不是钢钎铁钻的辛劳
不是混凝土的功高
也不是各路机器的风骚
那是大桥建设者
用血汗和智慧的精心浇注
崛起来的梦想，一座伟大的桥
一座终将载入史册的桥

一张汗水混着泥水，绽放笑容
憨厚如泥土般朴实的脸

一对架着厚厚镜片，布满血丝

专注设计图的眼睛

一双爬满老茧懂的皲裂，挥起铁锹

粗壮有力的手

一身落满尘灰僵硬发白，湿了又干

干了又湿的工作服

就是这样的一群人

平凡伟大的大桥建设者

将梦想筑成了奇迹

将奇迹变成了现实

并终将把现实写进历史的簿册

# 那座城，那座桥，那群人（组诗）

陈嘉伦

## 渡江老童

银辉星洒，月留情
一杆老笔拨开半个世纪
从江心到江堤
他唱，夜不渡江

儿女北去，凭栏望
两声长叹牵起百年离殇
连苏北挽苏南
奈何，夜不渡江

汽笛隆隆，船舷荡
返老还童收获一生所望
守巨擘抚钢梁
大笑，江不渡人人渡江

## 为她着色

抓住天色破晓的第一缕光
亲手披挂在大桥的肌肤之上
跨过大江,越过山冈
他将色彩从黑暗中抽离
把桥身点缀成天空
用汪蓝完成未竟的梦

从无数座大桥上转身
这一次,他并不舍得走
一遍遍,一天天,一年年
手中的漆刷换了画笔
在这片热土勾勒出毕生的心血
脸上的盐碱成了染料
向历史长河投递下爱恋的芬芳

大桥的颜色也愈发深邃
赤诚的面庞却愈发苍白
又一次站起,再一次跪下
他向心中的佛祈祷
为她着上最端丽的蓝
不求他人满意,只为超越自己

## 大桥爱情

太阳收起余晖，刚刚落下
两颗炽热的心，慢慢升起
他爱带纯白的安全帽
她爱踩迷人的高跟鞋
是大桥，将阳刚和温柔交织在一起

他说，是某个清晨
她踏着阳光从栈桥走过
从此，被叼走了心上的一坨肉

她说，是某个傍晚
他轻挽臂膀攀上百米墩身
从此，两颗颤抖的心慢慢靠近

一边是怯，一边是爱
当宽大的掌心裹住掌背
当轻巧的双肩躲进胸怀
云不走了，浪不晃了
这一刻
大桥属于他们
长江属于他们

大桥通车，他们就要举行婚礼
每一次，他都问
愿不愿意一辈子嫁给"工地"

每一次，她只答
有你在的地方就有家


## 塔尖少年


这是天空浇筑的囚笼
被缚住双翼的雏鸟
在塔吊上饱受炙烤
洁白墩身一簇簇长高
桥下行人一天天变小
63米！它就要直冲云霄


在云端恣意舞蹈
把自己想象成世界一流的舞者
轻握塔臂
划出最圆满的环
为大桥献上一曲曼丽的华尔兹


刚成年，肩上就要扛起太阳
两平米的牢笼里
托起的是千钧的重担
藏下的是流离的凄凉


背弃田野，逃离家乡
忘却矢志求学的十里路
抛开父辈忘本的耕田言
在大桥哺育下成长

雏鸟就要挣脱牢笼

带着鲜血淋漓的羽翼

一路狂奔，狂奔

朝那灼热的太阳


## 国的匠人


眼睑下的纹路藏着智慧

桥间的余晖印出一座丰碑

只剩老者一人

踱步　踱步

向着无垠的江流


他背对着时间

将老茧穿上指尖

寻找的钥匙越走越近

追踪着他的脚步，唤他回头

涟漪，一圈又一圈

他渴望掌握的东西

在箱梁的尽头，无法接近


桥是他一生的钥匙

追逐，让他猜疑自己的存在


多年前老师的告诫

仍在眼前　面前　心前

任你操劳的双手有多少耐心

却永远抓不住这世界最完美的作品


澄黄的天空满载疑惑

每次回头，找不见萍踪

让脚步快过所有的脚步

让言语胜过所有的言语


这所有的岁月都通向了钥匙

而他，又将通向何处

紧紧握住手里的卷宗

他已经能清晰分辨

这飞虹究竟是哪里的一抹


## 畅想未来


几十人挤在一间低矮的偏房

雨随檐落，湿了被裳

在火焰中问候每一颗铆钉

在月光下抚摸每一束钢筋


只有这低矮的工棚是我们的

在这里，可以挤压疼痛的关节

在这里，能够清洗生锈的身体

疼痛在希望的土壤里蔓延

用管钳敲碎坏死的零件

让扳手拧开锈蚀的肢体

凌晨两点，还有

沉沉的咳嗽，性感的香烟，呢喃的私语

离乡，通明灯火照不亮回家的路

那一江春水隔不断满眼的哀愁

一眼望不尽的是长江边的小道

它的尽头藏着诗和远方


漆黑的夜灌满工地

这里，最难谈论理想和爱情

城市太小，无法装下你们全部的故乡

在短暂的相识和离别间

唯有这座的飞虹才是永恒


如果没有立锥之地

是不是蹲在街角也好

也许造起一座桥

才会让他们想起

心底那面旗帜——"共同富裕"

# 不废江河万古流

思不群

1

万里长江一沙洲

江海激荡，映照沧海横流

春江水暖，溅出舞者的激情

第一批欢乐的浪花围着造桥梦之队

以精湛的技艺在半空中腾挪，回旋，

以智慧和胆略撞出耀眼的火花

巨大的钻石直插江底

定海神针稳住汹涌的波涛

不断生长的肩膀挽起绵延的群山

扛起了连接千年的桥架

而最终，钢铁的意志扼住了退守的两岸

波涛在此依恋地洄漩

白鹭拍打着翅膀飞过大江两岸

江上帆影托起斜阳

和新世纪的列车，正在疾驰！

2

遥想当年，有人勒马远眺，

怅望千里江山

有人栏杆拍遍，面对长河兴叹。

弹指一挥间，世纪风雷云卷云舒，

江南旧梦新颜暗换。

待到大功告成，坦途铺就

我们将看到，蓝天白云下，

凤凰山静静伫立，

与高高的桥架遥遥相望

热情的双臂延伸向远方

迎接归乡的游子

一座座桥墩如点亮的矩阵

光影铺满江面，波心如梦荡漾

倒映出钢铁之躯伟岸的面容

江河奔流，万古传芳

我仿佛看见喜悦的潮水

正源源不断地从东方奔腾而来

# 沪通桥赞歌

李　伟

美丽的长江

轻轻泛着波浪

一座巍峨的大桥

连接长江两岸

长江为坐垫

白云为衣襟

海鸥为装饰

沪通长江大桥

永远是一道亮丽的风景线！

一个伟大时代历史变迁的见证！

是我们向现代化迈进的壮举！

更是矗立在人们心中的丰碑！

它是中国伟大劳动人民的创举

连接着两岸未来

如同一条飞跃长江的金光大道

象征着生机与活力

沪通长江大桥　我们胜利的曙光

你，是那美丽长江的一道靓丽风景线

如同落入凡间的彩虹
更像一条腾飞的巨龙

我们不能忘记
是谁奋战在第一线
经受磨难、征服风暴、勇往直前
为大桥施工夯实了坚定的基础
践行着零排放零污染环保宣言
为解决各种问题披荆斩棘、毫不畏惧
请接受祖国人民对你们的礼赞
大桥的建设者们

我们歌唱，用嘹亮的嗓音
我们舞蹈，用坚实的步伐
我们拥抱，用宽阔的胸膛
我们在这亮丽的沪通长江大桥上
涂抹喜悦的油彩
一起畅想，继往开来！

# 伟岸之桥

丁　东


你因水而来

一根根柱子，一根根傲骨

在广袤大地的画布上，涂抹线形

你简明的几何图案

盛气凌人

轻柔地把蓝天刮破

收纳大江的银光

耸立重叠的风中

向白云致意，与飞鸟耳语

淡定而坚韧　崛起而伟岸

伸展如长长的臂膀

揽腰岁月，横亘时间


这伸展的臂膀

恰如一把金属的钥匙

捅开了江南

捅开了明天

# 骄阳下的坚守

白　莲

又见沪通
工地画风依旧
目之所及
一幅幅标志的美景争相入眼

大巴载着采风人
缓缓向前
车窗外
一排排骨感有力的墩身
齐刷刷向后隐去
清爽、洒脱的最初印象
更深了

便道旁的桥墩下
小草油油，绿树成荫
刚过周岁，略显稚嫩
却已能联想起长大后的模样

烈日当空的苍穹中

蓝丝在上，墩台在下

沉稳结合，交相呼应

一步一步

向江的那头昂首迈进


采风队伍脚步不停

深浅不一地踏上了甲板

跟着工人席地而蹲

双眼凝望着大桥的方向

仿佛是在祈愿


船到岸边

工人们脚步匆匆

行之所至

各就各位


半空里

高高地施工平台略显狭窄

他们一手抹汗，一手挥锤

伴着知鸟的鸣叫

铆足了干劲


似火的三伏天里

他们汗如雨下，衣背尽湿

丝毫没有马虎

一点也不做作

每一钉，每一铆，每一道焊缝

无不彰显着匠人的情怀

他们
似乎要把每个瞬间
都铸造成心中的蓝色永恒

在这里
心之所思
我们只是过客
他们却是生活

# 那些与沪通铁路大桥
# 建设相关的事物（外二首）

浦君芝

那些矗立的巨型塔吊
那些来来回回奔忙不停的大卡
那些沉醉于自身轰隆轰隆声的机器

那些一字儿排着的远洋巨轮
那些巨轮上装卸不完的货物和花枝招展的彩旗
那些长着各种肤色操着不同语言的水手

那些码头货场上装了卸卸了装的货
那些塔吊、木材、钢铁、石油和各种器材
那些怎么运都运不完的集装箱

那些烈日下熟练地操作着机器眼睛雪亮的工人
那些在张家港大地上来回奔波皮肤黝黑的卡车司机
那些在浪花尖尖上飞翔鸣叫的鸥鸟

那些我看到的，就冲我微笑

那些我没有看见的，在暗地里保佑着我
保佑着在沪通铁路大桥建设场地来来往往的生命

这些与长江有关的事物啊，是时代匠心精神的一部分
也是与祖国，与我们生命一样
亲密的沪通铁路大桥建设
一起让我们激动，心疼；甚至自豪

## 在张家港，我说出一个词：热爱

在张家港，我看到一些现象的变化——
那些曾经是破落的村庄，尘土飞扬的道路
和又窄又小的作坊与企业
如今是美丽的居民社区，一尘不染的沥青大道
如今是伟岸的大厦，整齐的厂房
和现代化的桥梁

在张家港，我看到一些现象的变化——
一些古老的文化，一些生态的产业，和
一些为这块热土奋斗着的人们的变化
本地的，外来的；那些说着 English 的
为了这片土地，勇于实践、艰苦创业的人们
把无数沉甸甸的果实，挂上人文港城的胸膛

在张家港，我看到一些现象的变化——
"无私奉献、团结协作、攻坚克难、拼搏进取"
把这片土地上"生态、人文、科技"的景色

描了又描。从长江岸边吹过来的气息
吹拂着这片热气腾腾的土地
吹拂着它古老而富有生机的容貌

在张家港，我愿意用自己的视线测量
寻景、对焦，穿梭于黄泗浦鉴真东渡遗址
穿梭于香山、凤凰山和暨阳湖畔
以及沿江开发的大片生态产业园区……
那座建设中的世界最大跨径公铁两用斜拉桥
是张家港改革开放后巨大变化的浓浓缩影——

在张家港，我说出一个词：热爱
为了那些展现中国力量、中国精神的人们
为了那些有坦荡胸怀的港城人民
他们为着美丽中国美丽张家港的未来
正在为历史和后人留下一座"记忆的大桥"
热爱吧，朋友们!
张家港正在改革开放的铁轨上迅飞猛进!


## 沪通铁路大桥，将在历史的光焰里熠熠闪光

抵达张家港，抵达长江的岸边
一种胸怀，一种坦荡的气魄
跌宕起伏在历史的眼光里

在沪通铁路长江大桥张家港段
你会看到——

那些为中国梦而拼搏奋斗的建设者

夜以继日地工作着

这里不是精致的沙盘，这是大桥建设工地

奔忙的车辆与轰隆隆的机器

是另外的一种水木清华

一种奋斗与峥嵘

在长三角，在张家港

绘就一幅共和国经典的泼墨画卷

"长江边的水墨画卷！真美啊！"

一位蓝眼睛白皮肤的参观者

正站在大桥的工地上向远处眺望

用不太流利的中文轻轻呢喃

此时，我仿佛看见一滴江水的粼粼波光

照亮了整个水面

照亮了张家港古老而崭新的土地——

沪通铁路大桥，在历史的光焰里

熠熠闪光，它

必将成为美丽中国时代发展的胎记

# 擎 天（外一首）

高中鹏

你的棱角折射出光芒，

像钻石镶嵌在中央，

俊美的横梁，

是秀丽的双手，

捧起朝阳。

你的框架泛起了深蓝，

像天空悠长的轮廓，

灰色的墩身，

是挺拔的铁军，

托举玄皇。

## 盛 演

那是一片舞台，

铺设在长江，

金色的夕阳散落中央。

大舟在墩旁保驾护航，
群鱼雀跃欢腾，
风浪不禁呐喊、痴狂！

那里有架箜篌，
落座在南北，
幽蓝的流光布满钢梁。
匠人在塔上拨弄拉索，
弦音清越悠扬，
云朵随之漫舞、霓裳。

# 以巨桥的方式丈量山河

杜宏娟


一粒种子在地里发芽
睁开眼睛，第一眼看到的是天空
一群工人在水上施工
一步一步，展示前所未有的勇气

长江之畔，阳光在回眸
金色镶嵌在巨桥上
钢筋水泥浇筑的长龙
横亘在碧水之间
是奇迹搅动了岁月长河
是梦想让长龙有了倒影

无数的虔诚，目光温和
如江面般展开
他们在迎接即将出现的车来车往
以及最远的朋友

如果细数巨桥的点滴
便会有乘风破浪的精彩

如果回想长龙的诞生

便会有汗水浇铸的真实

而他们从不停留

他们将前往下一站

# 赞 歌

徐玉娟

1

打桩声，铿锵有力
像一阵紧似一阵的军情
把时间也渲染得凝重急促。
那些穿梭往来的身影，脚下踩着千米惊涛
手中擎举着万根巨龙涅槃的骨架。

2

火花四溅。
不见子弹，却听到迸射声一片一片。
看得见战斗者的姿态
一会儿躬腰，一会儿匍匐
手里的焊枪，粘合着历史的辉煌
做成了钢浇铁铸的证词。

3

每一段时光都有主墩，这里的主礅
命名"28 号"。
看，它柱地承天，稳住长江的心跳
牢牢钉住世纪的瞩望
架起此岸和彼岸千年的梦想。

4

还是"28 号"。
斜拉桥沉井，30 万吨，这是重量
35 层楼，这是身高
5151 平方米，这是面积
而有一个数字最小，却是世界第一的"一"。

5

有这样一个身影，身先士卒。
冲关，打拦路虎，策略够精
胆魄够壮，拳头够硬
目标够准。
他没有誓言，他的誓言只有一句话：
"没有失败，只有成功"。
隐约间，听清他的名字
叫"拼搏"。

6

此岸彼岸，隔水相望。
现在，千米缩短成毫米，世纪转化成秒表。
招手即将变成握手，建造者手握拐点的坐标，
想让相会不差分毫。

这些建造者，都是英雄。
优质高效，是沪通给他们的口令；
浩大恢弘，是历史给他们的口令；
矫健潇洒，是岁月给他们的口令；
而他们给自己的口令，只有两个结实的词汇：
奋发，忘我。

# 随风带上你的记忆（外一首）

颜士州

多少年的夙愿

载着匆匆过客沉甸甸的乡愁

奔腾不息的长江水

惊醒了

一只归飞的乳燕

在咆哮声中

寻找窠巢的季节

这一刻

我的心不再沉寂下来

江水潋滟了谁的眼眸

江雾迷蒙的时候

我在苦苦找寻

一个伟岸的身影

忽然

看着横卧的身躯

我泪眼模糊

因为热血沸腾

醉了一江春水

曾经是谁揉碎了

你的泪水

你我默默无语

倒影也在沉默

我只能静静地聆听

潮起潮落地倾诉

我们相拥流泪

浪花的细说

有你也有我


## 岁　月


你是伟大的雕塑师

让绚丽色彩伴着城市腾飞

银色浪花上的彩虹

塑造着民族的脊梁

我采撷一缕春风

随风把你的记忆

从桥的这端

带到那端

# 长江的明证

李　爽

亿万年的浪涛与潮涌
亿万年的远眺与渴望
而积久的生命与激情
在这里　变成一座桥的故事
南通、张家港、上海
和大桥这四个名称
需要用手足的情感
化作钢铁的责任与使命

这里没有崇山峻岭
这里没有青藏高原
但是咆哮又辽阔的大江
需要一种高度
从这里开始
是一个个世界第一的起点
这是纯净又崇高的敬礼
以汗水凝成的智慧
在古老的东方
高举一个时代的擎天之柱

大江在诉说

激流在沸腾

时空以又一次裂变的方式

解析理想与荣耀存在的理由

那些没日夜的人

正在 1092 大道上

寻找人生的又一次跨越

走进江上不眠夜

那一盏盏穿越历史的渔火

不敢相信自己的眼睛

在时光的刻印里

最后，就是这些大桥人的脸上

留下了深刻的坚毅

壮美的江河

因为一座大桥的壮美

让梦想与现实之间

减少了迟疑的距离

有一个声音

总是带着大海的呼喊

成为人间真诚叹服的惊奇

而这些大桥人的每一个名字

都在变成必须铭记的崭新历史

# 沪通长江大桥28#塔墩

冒号

从江心最柔软处，深深扎进泥沙的神经
雀鸟般江波，跃起阵阵南风
水上120米高的墩，高过眼神
仍被顶端细细的人影
慢慢拔向，梦的高度

像一座花岗岩的山
磨成的，定江神针，直刺多少
唏嘘感叹
325米高的云
悠然等待，那年那月那日
点燃闪电
那时，每一滴江水
都是加速世界心跳的
血液

恍惚有盏照亮航道的灯
矗立塔上。而眼前分明只是墩
水中的石头

怎样翻滚长江

未来的塔

如何斜拉通途

像一条江鱼，紧咬月的弯钩


120 米高的墩，一块胸骨

慢慢拔向，梦的高度

一根根合龙的肋骨，终将

让长江的胸廓

呼吸顺畅

# 让记忆告诉未来

曹利生

眼前的扬子江，奔流不息的汹涌浪滔
不再是，亿万年连绵的叹息和哭泣声
更像一个开朗的母亲，每一次孕育孩子
总是，昼夜欢畅地大声纵情歌唱

港城，这颗镶嵌在扬子江边的明珠
璀璨的灯光，早已把江中的渔舟照亮
江枫已无愁眠，醉心的梦四季常新
请存入记忆，港城人正在谱写新的华章

天堑，已被新时代的灵气打通血脉经络
翘首以待吧，又一座长虹将飞架南北
中国创造的魅力，折射工匠精神的光芒
中国之梦的强音，让扬子江激情澎湃

# 十三圩散章

潼河水

十三圩因一座桥而闻名于世

她收割完庄稼腾出几代人的梦

架一道彩虹跨越长江

江水柔软的部分屹立起全球最大的钢沉井

2014 年 3 月 1 日这一天

每个人的袖口都灌满春风

11 千米的长度走了一千多个日夜

每前进一部都会开出无数朵铁花

汗水和泪水每一滴都被金属的声音包围

疲惫像月亮一样挂在异乡

每抚摸一次都有草香

今夜，我又一次搂住张家港

亲一亲我的十三圩

搜肠刮肚搬出钢质的词

点亮一座座桥梁

点亮过往的车辆和鸟鸣

点亮那些怀揣梦想的人

请允许我抄袭春天的花朵

盗窃世上最昂贵的爱

献给你

让经过的人心存感激和善念

中秋之夜的时候

我要捞起江里的月亮

送给归家的人

# 江上奇迹

蔡正雄


沪通长江大桥
三年转瞬，拔江而起
背靠广袤的苏北大地
拥揽富庶的江南
一桥飞架南北
长三角变成你的庭院


你美如梦幻彩虹
又天生磅礴之气
你拥有那么多
世界第一
亚洲第一　中国第一
高大新是你的名片


你岂止有一份威名
你是强国梦远行的路
你是创新梦实践的模
你是均衡发展的活血剂
你是海头江尾的又一风景

我们看着你浇铸桥墩

看着你飞身向前

看着你伸展入天

设计师们对你凝望

欢欣地挥舞着图纸

建筑工们对你挥汗

黝黑的脸庞写满得意

你气贯如虹

却有

仙女般秀丽的身姿

沪通长江大桥

华东人民对你翘首

期待着你飞虹过江

情牵大江南北

# 大手笔

卢丽娟

这是设计师挥洒智慧的一大创举
世界首座，南北贯通
资源共享，产业联动
开启高铁新时代
提升城市多功能
——大手笔啊

这是建设者奋力托举的一条巨龙
跨度超千米，公铁两用
采用新工艺，省时安全
攻坚克难，专家们呕心沥血
任劳任怨，工人们栉风沐雨
——大手笔啊

这是劳动者合力架起的一座彩虹
沪通高铁，同城生活
说走就走，心随意动
去看看星空下东方明珠如梦似幻
去赏赏夏日里拙政名园荷叶田田

去尝尝嘉兴粽子软糯香甜

去登登狼山俯瞰百舸争流

······

——大手笔啊


大手笔啊，大手笔

工匠绝技，精益求精

沪通高铁，举世无双

港城大地绚丽的亮点

桥梁建设多彩的华章

锐意进取张家港精神大放异彩

中国创造大国力量惊艳四方

多元的新港城

崛起的大中华

# 建桥人（外一首）

王如梅


走进洪荒之地

怀揣鸿鹄之志

沉下勤劳善良的种子

滚烫发烧的心

在汪洋之地埋下一座座沉井

让大江里升起一个个坚不可摧的桥墩

柔波里滚滚长江水让道

天地之间

蓝色长廊延伸到世界最高峰

来一个世界最大跨越

4 线铁路 + 6 车道高速公路

世界第一公铁两用斜拉桥

成为宇宙里的一个星辰


工匠们，你们辛苦了！

走近你们，我们只能说声感谢

"谢谢你们！你们功劳真大！"

你们成为建大桥的人　顶天立地

五年的光阴，你们风餐露宿

干着粗活，默默地将爱献给大江

沧海桑田，你们爱母亲、孩子

更爱祖国母亲和江山

带着几许离乡别绪

你们胸有成竹　意志坚定

将生命中永恒的爱融进大桥

你们和大桥一起擎住风、雨、雷、电

你们的情与江水一起激荡、一起汹涌澎湃

沪通铁路长江大桥开天霹雳贯通沿海城市

是一带一路中不可缺少的世界最大的桥

建桥人与大桥一起将成为

中国梦不朽史诗中的辉煌篇章

# 跳龙门

鹊桥相会　因为爱

天地间　你终于拥我入怀

惊心动魄地一吻

洪荒之地　惊涛骇浪

几千年就等这一回

吻上了　心心相连

连上了　天南地北的心愿

通上了　南辕北辙之步履

爱上了　天荒地老之灵魂

虹起长江口　蛟龙腾飞

鱼儿双双跳龙门　勇敢坚定地一跃

脊梁成了世界最高主塔　直插云霄三百多米

鱼尾扎进江心一百多米

成了沉井 有十二个篮球场那么大

鱼刺是斜拉索 锁住漂泊者的归期

鹊桥成长虹 长虹成龙门

奇迹奇景成永恒

定格在中国梦气壮山河的蓝图中

爱上了就坚贞不渝

通上了就永不分离

连上了就不再望江兴叹

吻上了就连着千秋万代

# 祖国的铁

游华锴


我们在沪通大桥工地上
太阳的戾火从天而降
长江的水呀！也不再温柔
我们就像泡进了滚滚热汤！

这哪里是一座工地
这分明是和天堑搏斗的战场！
宽阔的大江把我们阻挡
燃烧的大地要架起蓝色的脊梁！

天火啊，你尽管烧得旺！
我们敲打的铁锤，更加响亮！
江河啊，你使劲儿奔流！
我们若不是猛龙，就不过江！

看那一座座桥墩，似龙爪
在我们手中蜕变生长！
看那一节节钢梁，如龙身
渐渐有了穿透长江的力量！

我们的汗如雨水往下淌
我们浑身的肌肉硬得像钢
怒吼一声吧，
让这亘古的鸿沟去惊慌！

在这里，我们是水手
有着大海般的胸膛！
在这里，我们是战士
有着铁一样的臂膀！

在这里，我们是侠客
忠肝义胆，技艺高强！
在这里，我们是诗人
刻下了诗篇，追逐梦想！

有人说这里没有灯红酒绿
有人说这里没有鸟语花香
我却要告诉你啊！
建桥者的生命，无处不芬芳！

看！祖国大地，五洲四洋
我们的队伍浩浩荡荡！
听！从河到海，从湖到江
有我们波澜壮阔的乐章！

那一条条大路似网
都是我们亲手织纺！

那一座座长桥巨梁

都是我们合力奉上！


东西南北

世界因我们变了模样！

春秋冬夏

地球也成了美丽村庄！


背起行囊，我们离家乡

为了一个信念去拼去闯！

跨过千山，我们越重洋

岁月在拼搏中闪闪发光！


长江口上如痴如醉的虹啊

令我们情豪志大，心高胆壮！

高铁、汽车、轮船，山河同点亮

我们腰杆儿更直，号角更响！


太阳的戾火啊，从天而降！

我们冲锋在征服天堑的战场

燃烧的大地正架起蓝色的脊梁

我们在沪通大桥工地上……

# 我登上了世界第一大桥

陆福兴

我追星，
我来到拥有多项世界第一的沪通长江大桥。
大桥尚未竣工，
但我已经看出了你的雄姿！

大桥脚下，
我走在桥墩边搭建的栈桥上。
承载桥梁的沉井就在脚边，
沉井静默，我看出了你的伟大。
你是水下的庞然大物，
拥有世界第一的沉井，
撑起三百多米高的主塔，
是大桥的定海神针。
承载着世界第一的桥梁。
因为有你，
才有大桥的伟岸雄壮。

我仰望着你的雄姿，
乘梯扶摇直上，

当踏上桥面时，

我一阵激动。

来了，我来啦！

我终于走进你，

我站在巨人的肩上，

和你融为一体，

我是你壮丽风景的一个点。


主跨一步就跨了一千多米，

你的步幅全球第一，

你跨入了世界先进行列。

千帆在你的胯下驶过，

滔滔江水在桥下乖乖地流淌。


你大步骑跨在巨人肩上，

主塔像巨人深情的手把桥身紧牵。

巨人，世界第一的巨人，

高三百多米，

巍然屹立在长江中间，

一头连着江北，一边通向江南。


我离你是那么近，

你拥有许多世界第一。

我飘飘然站在你的肩上，

似乎我也成了世界第一。

是的，我是中华民族的一员，

中国的大桥建设者为我们赢得了荣耀！

作为中国的一员，

我和世界第一是那么的近，

我骄傲，我自豪，

我为生长的这样的国度，

为能和大桥为伴而骄傲、自豪！

# 大桥礼赞

郭　辉

1092 米的豪情一跨，
115 米的定海神针，
325 米的惊天长虹；
在 2014 年 3 月 1 日这一天，
你终于从蓝图，
走向现实。

在梦想照进现实的那一刻，
你看到了什么？
是曾经日日夜夜的绘图、计算与复核？
是创新思维和观念的激烈碰撞和交融？
还是十年磨一剑的工匠精神？

Q500qE、2000MPa 是你的坚强内在，
三主桁、箱桁组合是你的时尚外衣；
你把根埋入深厚沉积层，
又用钢混组合给它新的定义；
耸入云天的超高索塔，
是你精气神的靓丽体现；

连接塔梁的超强拉索，
搭起传递力流的红线。

滚滚长江、往复波流之下，
你用"钢锚桩＋重力锚"，
精准定位巨型沉井；
猎猎强风、变异温差之中，
你用高性能与配合比，
解决超高塔的抗裂和耐久；
你，
正用满腔的热血、十足的干劲，
努力书写着，
中国铁路斜拉桥的传奇。

苏南、苏北，
因为你的出现而欢欣鼓舞；
江阴、苏通，
因为你的问世而倍感荣耀！

你是，
沿海铁路的枢纽，
大江两岸的纽带；
你的使命是，
重构长三角经济版图，
贯通东部、辐射中西！

# 致建设者

高龙兴

进入沪通长江大桥建设工地，
那一个个坚实的身影——
戴着安全帽，扣紧了帽带，
穿着厚厚的工作服。
礼赞！可爱的大桥建设者，
你们大开大合，健步如飞……
礼赞！可爱的大桥建设者，
你们承担了大桥建设重任！

干累了，站起来直一个腰，
擦着脸上的汗水欣喜地笑了……
壮哉！丽哉！火热的大桥建设工地，
每天都演奏着动人的乐章！

烈日下，技术员拿着图纸仔细对照着，
在交汇的地方找出相同点，
工艺，技术，图纸，三位一体。
风雨中，施工员不忘检查工程质量，
在交叉的地方找出不同点，

力点，支点，连接点，是否到位。
看着顺理成章的工程进度，
总工们会心地笑了……

啊！大桥建设者，你们辛苦了！
经过风吹雨打，你们的脸晒成了古铜色……
有了技术支持，
你们干得热火朝天，干得游刃有余！
有了人民支持，
你们干得举重若轻，干得开心快乐！

啊！大桥建设者，你们辛苦了！
美好的目标带来了坚强的信心，
美好的愿景带来了崭新的希望。
你们肩负着一个伟大的历史使命——
实现中国梦！一个伟大的中国梦！
你们深知肩上的责任重于泰山，
所以，不曾有一丝一毫的马虎。
你们深知压力变动力，动力变冲力，
所以，不曾有一丝一毫的骄傲。

啊！大桥建设者，你们辛苦了！
从设计、施工到现场管理，
无不体现了你们高超的专业水平！
大桥全长一万一千零七十二米，
大桥主跨度一千零九十二米，
这是当今世界最大跨度的公铁两用斜拉桥，
无论桥墩，无论沉井基础，

无论斜拉桥桁架结构，无不经过精确计算。

这是一个怎样的计算公式呀？
这是一个怎样的创作精神呀？
精于计算，科学技术也，
巧于设计，匠心独运也，
实于施工，工匠精神也，
严于管理，吃苦精神也，
所有这一切都源于一个伟大的中国梦！

啊！大桥建设者，你们辛苦了！
在组织设计和现场施工中，
从不放过任何一个细节，
从不放过任何一个疑点，
从不放过任何一个关键环节。
如此关注细节，如此抓住重点；
如此精益求精，如此创作精品；
如此勤勤恳恳，如此任劳任怨。
所有这一切都是为了一个宏伟的目标——
实现中国梦！一个伟大的中国梦！

喜哉！沪通长江大桥横跨长江，沟通南北。
在波涛滚滚、一泻千里的长江上，
又增加了一个崭新的成员——
世界上首座跨度超千米的公铁两用斜拉桥，
美丽壮观的沪通长江大桥！

# 工地读书人

李　松

工地
是成堆成山的沙石骨料
似密不透风的钢筋混凝土森林
如声嘶力竭24小时不间断运转电机的隆隆轰鸣
是无数身穿深色工作服，头戴安全帽奔走的渺小身影
工地
一片嘈杂、紧张、忙碌
读书似与工地风马牛不相及

书中自有颜如玉，书中自有黄金屋
古人头悬梁且锥刺股，凿壁借光而手不释卷
贬居陋室不弃卷，废寝忘食读书者不胜举也
然余工地大桥人者
不妄奢求卷中获寻金玉
但求布满沙尘的手中善遗一缕书香
为一工地读书人足矣

于工地一隅，拾一木模作椅，寻一钢模为靠
工罢饭余，就着这片刻闲暇，趁着残阳还未殆尽

随意翻开一本小说集，一字一词
随着作者一念一思，走进一个光怪陆离的工地外世界

埋首阅卷，清风自来
让这清风吹散一日辛劳疲惫
愿这清风拭去遮蔽双眼灰尘

迎着风
我依然有热泪盈眶的勇气与力量

# 爱上一座桥

何　建

我是一名行走在桥上的路人
静静的没有语言

我的爱情是一座桥
当你第一次遇见她时
她还是娇嫩的花骨朵

踏上这桥上的第一步
便是我们一千公里别离的开始
牵心的距离，隔着遥远的思念

修炼爱情如修桥
根基稳定方能跨越山河大海
到达爱情的彼岸

在生命的旅途中，都奋力的奔跑过
别人笑我这个桥上的路人
走了那么久了还没有到达尽头
而我也在看着桥下的人

是你们讥讽，嘲笑给了我更多走向桥头的勇气

身为桥上的人，我感到骄傲
我会到达桥的另一头
等着她盛开

# 丰 碑

佳 禾

港城有座丰碑，
矗立在江边。
镌刻着长江大桥的碑文，
日月同辉
长江水滔涌，
见证了它的诞生。
轮渡的汽笛，
远去了昔日的车水马龙。
天堑成通途，
圆了几代人萦绕心中的梦。
港城走向世界，
拉近了距离。
步履扬起的尘埃，
随着记忆飘散。
决策者的运筹帷幄，
凝聚了民心。
铺卷的蓝图，
叩响这港城人的心扉。
信念融入沸腾的热血，

迸发出睿智。

风餐露宿，

岁月谱写了峥嵘。

工匠荟集，

焊弧衔接钢筋，

桥索铮铮。

汗水搅拌了水泥，

桥墩屹立。

桥是港城人的背脊，

担当在今朝。

千古风流铸桥魂，

丰碑载入了生命的新生。

# 船与桥

陈春华


自然的造化孕育了江海
天堑的阻隔催生了跨越
桥，在人类的期盼中应运而生

在江河湖海之上
船与桥
相依相恋，相伴相随

因为桥
船拥有了生命
它江湖逐浪，四海放歌

因为桥
船赋予了使命
它砥砺奋进，矢志不移

船和桥，如恋人
在你身旁，我充满活力
离开了你，我一往情深

船和桥，如母女

伴你成长，我无怨无悔

你长大成人，我悄然独处

你是我一生的挚爱啊

我追随着你

从长江源头，到大海之滨

从乡村故里，到辽阔五洲

你是我一生的挚爱啊

我陪伴着你

随江河起舞，听大海涛声

搏狂风恶浪，赏异国风情

因为桥

船有了生命的传承

大桥浮吊、大桥拖轮……

父辈的名字烙上了你深深的印记

因为桥

船更赋现代气息

海鸥、海威、小天鹅、天一……

我们的名字响彻寰宇

因为桥

船的生命再赋新意

我助你树起人间的地标

我助你崛起都市的风流
我助你牵起友谊的丝带
我助你带动世界的交流

你是我一生的挚爱啊
我愿为你
一生如候鸟般迁徙
走丝绸之路，闯天南海北

你是我一生的挚爱啊
我愿与你
相濡以沫，不离不弃
在建桥强国征途上，筚路蓝缕

# 青春如诗

王兴琴


曾经多少次扬帆起航
在这条母亲河上乘风破浪
梦想犹如烈日的万丈光芒
照彻在钢筋混凝土上

也曾指点江山慷慨激昂
镌刻在脉络清晰的图上
雄心是鸿鹄不断生出翅膀
在宽广浩瀚的江上翱翔

你们仰视着它的脊梁
盼望着它能跨海过江
梦想是你们永不言弃的信仰
永远热血激荡喷张于胸膛

你们默默奉献着青春
它在你们雕刻中成长
就算容颜渐老失了神采飞扬
脸上的白条是见证奇迹的勋章

你们是大国的工匠
没有任何困顿可以阻挡
前进的脚步一如既往坚定顺畅
正如你们诗意的青春永不退场

# 我到沪通大桥来

赵 振 宏

1

匆匆的我来了，
和你相约在南通，
如少女般的忐忑，
看一看你那骄人的模样。

早已听说你的芳名，
让无数英雄折腰，
你用坚实的手臂，
将建桥人揽入怀抱。

我们亲爱的战友，
日夜和你厮守，
用钢筋和混凝土，
雕琢你艺术的形象。

2

匆匆的我来了，
和你嬉戏在长江，
如稚童般的膜拜，
听一听你那动人的传奇。

有一个建桥英雄，
一辈子逐梦在长江，
用世界级的精品，
挺起中国建桥军团的脊梁。

有多少大桥建设者，
冲锋在世界级大桥最前沿，
用大国工匠的精神，
打造"中国制造"的名片。

3

匆匆的我来了，
闯入你的花园，
如恋人般的激动，
吻一吻你那美丽的容颜。

忙碌的工人们，
严格按照施工图，
用标准化精益生产，

练就毫米级钢桁梁身体。

钢筋绑扎的铁骨，

混凝土凝固的血液，

产生爱的力场，

不断孕育着这雄伟的生命。

4

匆匆的我来了，

站在你的身旁，

如知音般的倾心，

聊一聊咱们点滴的家常。

CCTV 纪录片《天堑变通途》

让我体悟这平凡中的伟大

远离家门的五年长相陪伴

只为你一点点长大。

我要用智能手机，

现场直播这建设瞬间，

在万能的微信朋友圈分发，

秀一秀此刻的自豪吧。

5

匆匆的我来了，

坐着上班的轮船，

穿越江中的栈桥，

乘上施工升降机。

站在桥面上看长江，
看那港口来往如梭的船只，
这连通南北的大桥，
将助力经济的腾飞。

两地市民翘首相盼，
看这盘踞两岸的蓝色巨龙，
与江水蓝天一色，
装饰着共同致富的梦想。

6

匆匆的我来了，
我要尽情的放歌，
撑一篙江水，
追寻建桥人的梦想，

匆匆的我来了，
我要挽留这永恒的时光，
将我美好的青春，
挥洒在建桥新战场。

匆匆的我来了，
我要用澎湃的心歌唱，
讲述这建桥人的故事，
描绘你那中国梦的模样。

# 凌晨架桥

非　墨


架桥机的马达

惊醒大山千年的寂梦

施工的照明灯盏

宝石般璀璨


它是带来富裕的启明星呀

山区人民梦里也盼

它是溪涧夜里倾诉的心语呀

相思千年终了夙愿

它是筑路工豪迈的号子呀

百折不回朝阳般刺穿愚昧和黑暗

它是架桥人献给祖国母亲

一簇绚丽的花呀

朵朵精神磅礴


晨雾也许会淹没我们的足迹

风雨也许会湿透我们的青春

岁月也许会虚化我们的名字

可我们　一群无怨无悔的架桥工

不图名　我们并肩拼搏于海角
不图利　我们携手征战于天涯

山睡着了　醒着的水会作证
水睡着了　天上的星星会作证
星星睡着了　脚下的铁轨会作证
铁轨也睡着了　还有雕刻在额骨下
亮闪闪的眼睛会作证

一群钢铁汉子的手一双双呀一双双
臂挽着臂哟心连着心
组装成我们的架桥机哟
把百吨的梁呀轻轻地放稳稳地架

我们的脚屹立在今天
而我们的铁臂已伸向天空
伸向未来
要为母亲祖国
架设好一个崭新的明天

# 沪通大桥之歌

陈　响


啊！沪通长江大桥，

你横亘在波涛汹涌的江面上，

宛若一条巨龙在此遨游；

炽热的太阳是你火热的心，

蓝蓝的天空是你的美丽衣裳，

空中的彩虹是你的彩色裙带，

你就是人间的天使。

你联通着江南与江北，

拉近了地域之间的距离，

也拉近了人们心与心的距离。

钢铁巨龙构筑起一座座城市之间沟通的桥梁，

谱写出一项项中国之最、世界之最！

你是我们中国人的骄傲与自豪，

也是中华民族几千年来不畏艰难、敢于创新的真实写照。

在和平与发展的时代背景下，

在中国梦的指引下，

你正在以傲然之姿，

敞开臂膀，

迎接新的辉煌，

谱写新的华越篇章！

# 大桥随想

石秋君

夫交通者，
往来通达，
天地交而万物通也；
夫桥梁者，
力擎千钧，
引万物兮以为渡也；
夫沪通长江大桥者，
始于甲午，
跨逾千米，
中华之千年大计也。

公铁城三位一体，
规模之大，
难度之巨，
世界首例。

跨度大、主塔高，
材料新、工艺新，
举世瞩目，

勇攀高峰，

有我大国工匠，

彰显中国力量。


圆兮梦兮，

看今朝，

有一带一路构想，

联四海五湖；

盼兮望兮，

待明日，

看一桥飞架南北，

天堑变通途。

# 把祖国扛在钢铁的肩上（外一首）

仇　红


桥墩稳稳地
站在河床底部
站在历史深处

流水只是过客
沉淀江底
有坚船利炮的弹壳
还有我们的梦想

西至金陵
东至黄海
没有一寸过江铁路

2014 年春天
沉寂的河段
终于打开恢宏的画卷
大桥建设者把一块块
钢铁骨骼与肌腱
构筑在精准设计的标段

连同图纸上的字母与标号

计算机里缜密的智慧

注入一个个强大的躯体


清除所有松软土层

是必须的功课

钢筋混凝土以沉井方式

铸成钢铁的四梁八柱

向下　向下

牢牢抓住

江底深处的岩石

把最淳朴的情感

紧紧铆在中国东部

最复杂的地质板块上

……


站起来了

蛟龙出水

桥墩站起来了

一座座坚实的桥墩

砥柱中流


走近你

波涛之上的队列

数十座桥墩

组成数十个钢铁的肩膀

在桥面上每走一步

就跨越 50 吨重的钢结构

忠贞不渝的大桥建设者

把祖国扛在钢铁的肩上

这份爱举世无双


湖蓝的桥身

是春来江水的颜色

是秋水长天的颜色

是建设者对祖国深情的蓝呀


为了穿越丛林般的路网

让所有的梦想乘上高铁

抵达最美生活的车站

在万顷波涛上

这群创造历史的人们

大汗淋漓

把祖国高高举过头顶

让中国智造

响遏云霄


## 你是我的兄弟


昨天

豪雨已奔流入海

今天

天空放晴


中午

在过泊的甲板上
我遇见你
另一场汗雨
在你的脸颊上流淌

蓝天下
汗水照亮你黝黑的肌肤
橘红色的工装
如一团团火　瞬间
我被它的光芒击穿

拉住你的手
拉住你汗渍渍
粗糙的大手
拥抱你
我的好兄弟
你的汗水
正润滑着高铁时代
和祖国飞速运行的机器

望着你
厚道坚韧的兄弟
让我再年轻一回吧
和你们一道挥汗如雨
让有限的生命
重新迸发出火的光焰

江滩上有只小木船
退潮了
一只船搁浅在这里

如同一个老人
坐在老家
芦苇滴翠的时候

好久没上过桐油
船的肌肤早已皴裂
见过风浪的船
默不作声
船头依然朝着大江
等待潮汐

让我坐在你的身旁
抽支烟吧
你的那杆老烟袋
还在吗

采片芦叶做芦笛
"呜——呜——" 的笛声
回应远方汽笛的雄浑

涨潮了
江水推了一下你
船上马灯
看了我一眼
对了　我想
和你讲个桥的故事
就是你身边的这座桥
或许　她是你年轻时的梦

# 新时代：一座桥的高度

晓　川


当我泛舟在洒满霞光的曙色黎明
一条江在澄碧中涌到眼前
遥远处半展半掩的是薄薄的船帆
吉祥的光，倾泻在被杨柳和广玉兰所围困的堤岸

我闻到了七千年前凿齿人的稻米香
我看到了古吴越沼泽地上奔跑的麋鹿
江面上漂浮着的是断发纹身的荆蛮人的网与罾
照亮天空的是胡逗洲上流人野性的舞蹈与篝火

其实，这一切只有短短的五年
五年，一排小树长成一片丛林
五年，一个懵懂少年长成健壮的青年
五年，一道气势磅礴的彩虹飞架南北笑傲壮阔大江

无论是远古先民对惊涛怒浪发出的惊叹
还是一位当代伟人在闲庭信步中吟出的平平仄仄的绝唱
一个以龙为图腾的国度
千百年来从未放弃过以腾飞的姿势跨越天堑的雄心壮志

而我首先想起的是人民

让我们从石器时代走出来的是人民

帮助我们建立起国度和家园的是人民

用镰刀割断旧乾坤用斧头劈开新世界的还是人民


当人民背着小米、扛着步枪

徒步走过崎岖的山峦、大盆地与大平原

当人民在历史的长河里

手拉着手，肩并着肩，如此靠近


我看见历史那灾难深重的脸上

飘起了五星红旗一样的欢乐

人民汗流浃背地匍匐在历史那幽深的河谷

我嗅到了历史与江水融为一体的汗味


人民就像主航道上 325 米的高塔

像钻石型的混凝土，像高强度钢与斜拉索

支撑起一支勇于跨越追求卓越的团队

支撑起一个自强不息的伟大民族


每一场历史的大戏都由人民领衔

我听见他们的血管里咆哮着震慑人心的声音

生活总是本能地将英雄这一崇高的荣誉

赋予那些开创了伟大事业的人们


生活中每个人都有期望的高度

是给予，是索取，还是卑微的虚荣

是百折不挠的牺牲与奋斗

抑或是安逸的骄矜与一微米的升高

在这个火红的季节

我被历史的风吹得如痴如醉

阳光和汗水谱成的歌谣融进初夏的每一个细胞

一幅幅劳动者的油画给大地带来盎然生机

在历史落叶纷纷的尽头

生命仍然在地下生长成强壮的根块

我仿佛看见那些抡起铁锤的手

翻开了教科书中的某一页

此刻，那些在太阳下挥汗如雨的人们

正是在伟大斗争中成长起来的伟大人类

而我只是一个伟大工程中的一颗螺丝钉一块石头

在巨大的沉基上仰望一座桥的高度

这是一面砥砺前行的旗帜的高度

这是一个新时代与伟大梦想的高度

引领着我用生命中最柔软的呼吸

写下一个民族负载千年的痕迹

# 大桥上的灯光（组诗）

鸭　子

## 红色安全帽

穿行的水翻开雪，无风
黄梅雨还未到
平缓，温馨的江面是望不到边的云

说好在江心会面，说好
是一次"合龙"的体验
正午十一点，铁塔刚好长到110米

刚好仰望时，白云悠然飘过
把一顶红色安全帽
戴在铁塔的头上

## 平　行

水鸟说，交作业喽交作业
转身就逃进时光里去了

江水眨了一下眼
又眨一下

两条平行线
在南通至张家港的江面上
打了一活结

## 铁　汉

江风，又往南方推走一些时光
江轮上，行走着一群铁骨

南国红豆，塞北沙寒
举火把的人点燃江浪

仙乐齐鸣云雾缭绕
雪莲，在夏日里开放

## 大桥上的灯光

空旷的声音从木梯滑下来
夜行者，云深处探出脑袋
那簇火苗，忽然变身漆黑的江风
泼在脸上

江堤忽近忽远······

翠鸟，一边灿烂成彩虹横跨大江
一边叽叽喳喳吵着江水
大桥一直醒着

等吵醒水中那轮红日
这些疲惫的鸟儿
就会飞走

# 桥　墩

## ——沪通大桥工地远眺

石瑞礼

我喜欢这些桥墩

不仅是因为高度

因为宽阔

因为力量和坚实

我喜欢这些桥墩

是因为感动

因为对滚滚大江的依恋

因为对锵锵飞驰的向往

人们从没停止过对彼岸的眺望

对于江的辽阔和深邃

人们怀着景仰

但不能畏缩不前

一叶扁舟，风波浩渺

或者沉没

或者抵达

艰辛而颠簸的前程

在浪峰和浪谷之间若隐若现

站立在涛声之侧

我看见桥桩如夏树般茂盛

一树一树

淌过浑黄的大江

走向彼岸走向梦的深处


明天，它们将是张开的巨掌

牢牢地托起龙一般的桥身

托起飘带般的蝴蝶结

将它轻盈地系在大江的颈间

用另一种美丽和姿势

吟哦和俯瞰奔腾日夜的大江东去

那些飞驶的列车

呼啸着越过大江越过所有的险阻

一树一树的桥桩

承载着这个时代的重量

那种生根于江底深处的爆发力

一点点地向上，向上

然后在蔚蓝的天空中打开

这个世界

都会欣喜地感觉到

中国梦想，正在

一步步涉过水，奔向彼岸

# 图 腾（组诗）

杨艳霞

## 相逢何必待七夕

冬天的野渡口
积雪还在
浓缩着渴望
江水在平静中汹涌

弯曲身体　舒展双臂
用慈母的线　再一次缝进
游子的衣
苏南的幽香，飘来
苏北的隽美，漾去

彩虹欢悦成情人的羽翼
此岸，彼岸
鸿雁飞不动的天涯
缩短成十分钟的咫尺
桥这头　烟雨柔了
桥那头　浓雾淡了

相思何必待七夕

从此　只需一念

爱情便可常来常往


## 一条龙受命的梦想


它受命成为一座桥

受命完成一个梦想

平东牵手张家港


多少年多少次的凝望

看着春风得意的江南

每颗心长出翅膀


从来

在这里的是故乡

而东方明珠

城市的霓虹闪亮

我知道它就是

最初理想的远方


终于

不负万众的期盼

一条龙受命的脊梁

成就现实的坦途

我知道它就是

星辰大海的方向

## 献给沪通大桥建设者

将风吹不乱的使命
雨淋不透的信念
播种这里

头上的水汽浮成云
掺着颤抖的乡音
滴落　刺痛江心

故乡的甜
借一双翅膀
留在梦里　滴在酒里

蹲下去
随沉箱钻地
站起来
让铁索穿云

号子声中
将斜拉的铁索勒紧
脚手架上
钢花迸发壮志雄心

备料　淬火　锻造　组装
一千四百多个日日夜夜

终于　沪通大桥

飞架苏南苏北

像一道闪电

扎进长江三角洲的神经


所有的汗水泪滴

勾画出最美的风景

黝黑的双手

弹奏出最强的声音

# 归途如虹（组诗）

苏　末

## 眺望一条路的远方

江面辽阔，什么样的眼光
能够长远到深水和蓝天里去
什么样的大手笔，恰好
在长三角徐徐落下，写进历史的天堑

一群目光灼灼的人，从 325 米的高度
眺望一条路的远方
桥立在水里，以 1092 米的跨度
弓成划时代的脊梁

"造舟为梁，不显其光"
必须谦逊地深入，站成长江中的定海神针
必须胸怀彩虹
横渡潮头，展开一段伟大的旅程

## 当我写下一座桥

写下一座桥，就是画下一幅蓝图
画出南通灿烂的愿景
就是记录一群人，为一座城池护航
从坚守中出发，在迁徙中抵达

写下一座桥，就是刻画出护航者
激流中精确定位的剪影
让骨架的坚毅与深沉
逶迤而去，挽起迢遥的南北两岸

钢花也是一种花，自粗糙的掌心开放
风鼓舞，雨泼溅
蔚蓝色的火焰一寸寸地
点亮一座跨江的桥、一座青春的城

## 归途如虹

作为引和渡，桥的慈悲在于
延长旅者对前途的期许，缩短游子对家的渴盼

桥下大江东去，大浪淘沙
桥上车流滚滚，南行或北上

提速，以光与电的气势
奔跑在铮铮铁骨之上，奔跑在坦然之途

这时，才可以真切体悟
什么叫过江之鲫、出水蛟龙

遥望长虹卧波，这优美的弧度笑容一般
噙在城市的嘴角，仿佛梦想轻轻扇动了羽翼

# 虚构你身后的雪（外一首）

低　眉


夏天进行到最严酷的时候。
喝下火焰的风，和烈酒
肌肤像一块沙滩的人，分泌出盐粒
腋下，眼角，手心，或者后背
先是渗出源源不断的水珠，叫做汗滴
后来就成了白花花的晒盐场
脸部的皱褶里，或者油黑的枝条上
全都是盐粒，不小心滴一粒入眼角
是咸的，真的是咸的啊
不断分泌出盐的人，也不断分泌出力量
——他们在建设一座大桥
用于沟通南北


那些盐不停地从江中爬上来
爬上一座桥——
我想到了坦途，也想到了雪
想到从前过长江，待在江边等轮渡的日子
如果我有翅膀，我可以飞
如果我是鱼，可以有鱼鳍

真的谢谢你。为我建造桥梁的人。
让我稳稳妥妥掠过江南的人
今天我坐在洁净有条理的办公室
虚构你身后的雪。
那必定是白的，有重量的
也是有密度的，有形状的
它使你的作业变得冷，而且艰难
却无法将你冻僵
纷纷扬扬从虚空中落下
——因为有你的存在
那虚空便显现了出来


## 我的桥梁兄弟

你受命建造一座大桥
与风对饮，盛夏的烈焰
大水沿白光奔流不息

你什么也没说，我的桥梁兄弟！
只捧出一丛，树枝上黑黝黝的憨笑

"全世界跨度最大的公铁两用斜拉桥"
"安全　优质　兴路　强国"……在工地
这些钢筋水泥般坚固死板的字眼，也
同我的桥梁兄弟一般
有着自己的热血和温度

天上白云苍狗变幻多端

脚下万里长江滚滚东流

中间有你，我高高的脚手架上

工蚁般的桥梁兄弟！

关于打桩，关于长江

关于浇筑，关于大桥

关于荣耀，关于沉默

你以自己为柴、为火

我被火光照亮，却不能

说得更多

# 生命与永恒

姚振国

## 1

以大桥的雄姿站立
却与岸边的树和石头
一样默默无闻
你说　如果不是沪通大桥
也许终生都不会和一个奇迹相逢
你知道自己普通得像一片波浪
即使微笑了
也不会比岸边的花朵鲜艳
然而生命
却因沪通大桥而生动　而永恒

## 2

春风沉醉
你在工地上高歌
那是一首把黑夜透出亮光的歌

是一首能让寒冷温暖的歌

那首歌带着家乡的韵律

即使喝醉了酒不用歌词

也能唱得动情

这首歌　用钢筋和混凝土谱就

歌声里没有退缩和哀怨

只有勇气和胆略

你带着微醉

把大桥的豪迈传向四方


3


潮涨潮落

万里长江记得

你的汗水如何汇入波涛

春暖花开

天上的云朵记得

你身上的热流如何

化成雨水　流成春天

而平原上的风也记得

你铿锵的誓言如今已变成

大桥最坚强的部分

记得你的笑语

如何象桥面上五颜六色的旗子

把江风海韵染透

岸边的小草也分明记得

你的柔情似水

读家书时的眼里泪花闪闪

南通这片热土更记得

是你们把使命和担当托向高处

以飞天的姿态

发抒一望无垠的诗的畅想

# 致　敬（外一首）

卢庆平


夏收时节
金黄的麦子倒下
完成了
对大地最后的致敬

一群白鹤，晾翅于
很蓝很蓝的蓝玻璃之下
百米高的桥墩之上
很蓝很蓝的钢桁梁间
翅，只需一展
每一缕阳光都能拨响

起落于江海平原
翔舞于万水千山
钢铁的铮铮之声
让每一个日子
都变得那么响亮
沪通铁路长江大桥
身形日渐耸立

逾万米的引桥与正桥

你们用心去抚去碰撞

身与钢铁同频率

心与钢铁共节拍

跨越天堑的人

使命和责任

没有距离的担当

## 别再说钢铁交响什么的

百米高空，每天

一锤一锤砸向

长长的粗粗的螺栓

连扁扁的耳垢

掏出些来捻在指尖

都是一撮撮钢铁的碎屑

用锤热情交谈

钢铁变得奔放

流过千万年

长江还是这样流淌

你们说

很小的时候

大上海很远很远

今后，对，没多久的今后

记忆就该收藏

一壶水明楼黄酒尚温

中国速度

让人们从大上海

最早嗅到家乡的新米香

——建桥的兄弟

奔向你们的梦想

牵引我们的目光

好热好烫


拔节的桥墩列队

行进着的大桥

在大江之上扬起手臂

完成

对新时代的致敬

# 见　证（组诗）

陈　辉

## 心原上的华彩

沪通长江大桥
这字眼
在我的眼前
托起一片天一片波涛
这内心的喜悦
不仅仅我是她的儿子
更是这通天的辽阔
除了与生俱来
给了我哺育之外
又在我人生扉页上
烙印上一笔
心原上的华彩

## 定江神针

这古铜色的铁轨

这与远山并肩的延伸

把万里神州的枢纽

划出了流线

划出了天地精气神

划出了国家

和普通民众的心愿

这一根"定江神针"

在金色的版图之上

照着阳光，蓝天和大地

定住了风雨霜雪

和距离


## 永睦之光


从此我可以顺一条江

数铁轨的光

听铁轨豪迈的响声

穿过山梁平原

丘陵和长路尽处

也可以看

一条江的横渡飞跨

沪上，长江

我世代的近邻

从此永睦

在一条彩虹上亲如一家

## 见　证

不问笔墨如何
不问诗行间厚重和浅薄
我只想让酣畅
从淋漓的笔尖倾泻而下
只想为这大地
雄浑的乐章
赋出气势情感
展望和希冀
我会记得
在如此的盛世
昌隆和奋进的时段
我是这宏图
赋予人间幸福的见证人
也会记得
这一个世纪的华丽
成就永恒的繁荣

# 筑 梦（组诗）

尹志红


## 1

天边的流霞飞出瑰丽

粼粼波光，荡漾着天空的笑脸

水天相接处，鸟儿展翅翱翔

遥远的，不是天涯和海角

是你在这头望，我在那头等

水面脉脉　离愁悠悠

说不清的期盼与等待


## 2

轰鸣的机器声唤醒沉睡的基石

工人们的汗水装扮着西边的云彩

明月躲在云彩后面偷笑

这是仿照它的模样建造

一头连着南，一头接着北

一座用心筑梦的桥，就是一条彩虹

横跨两地的心间，战胜天堑

矗立伟岸，浓厚的离愁被稀释

每一块，都是闪射晶莹的汗水

每一道　都是一段稳固的铺垫

国家筑梦的身形

在沪通长江桥建设者的俯仰中圆满

民族的体质，在梦的屈伸中强健

一杯杯团聚的酒　摇曳一张张笑脸


3


让我们最后一次整理姿势

运用钢筋的韧性和水泥的硬度

在弥漫的幸福里，等待与盼望

沪通长江大桥筑梦的成功

梦想成真，摆了千年的渡轮只能叹息寂寞

飞奔的铁流将带领我们，走进下一个春天

第二辑

# 古体诗歌卷

# 题沪通长江大桥

任海泉

万里蓝天起彩虹，一桥飞架大江东。

斜牵公铁雄居首，原创神奇贵领风。

上海如今尤尚海，南通早已不难通。

啬庵曹顶云中笑，盛赞神州屡建功。

# 鹧鸪天
# 考察沪通铁路长江大桥工程建设有感

李庆鸿

扬子江边新彩虹，一桥飞架沪连通。索斜桥跨甲天下，屹立神州看竞雄。
镇涛怒，锁浪风，巨型沉井伏江龙。千秋伟业功勋著，华夏盛观震昊穹。

# 诗三首

闫志刚

## 心　桥

授业多年志不同，夙怀桥梦毅从戎。
龙盘苏北平川处，梁架江南细浪中。
勇踞沙洲开道路，誓雕精品慰苍穹。
水天一色横沟堑，公铁齐心铸沪通。

## 高墩胜境

静海扬波迎过客，沙洲栖鹭会新朋。
高墩胜境遥深处，秋尽江南望眼凝。

## 咏　雪

银粟纷飞亦可怜，素魂欲觅已成涟。
琼花芦苇桥辉映，美景清歌兆瑞年。

# 沪通长江大桥赋

许国华

滔滔长江，苍茫浩瀚。巍巍大桥，气凌霄汉。双塔并峙，斜拉五跨，其巍之高则天下仰羡。上下分层，公铁两用，其亘之长则全球甲冠。三大通道，立体交会；一脉枢纽，全线通贯。飞江跨堑，城际串连通苏锡嘉；凌空越阻，快铁直达江浙沪鲁。对接南北，领长三角比翼齐飞；辐射东西，融大都圈联袂共舞。斯桥也，始建甲午，即竣庚子，千秋万代，肇基隆固。

然盼斯桥兮，则枯苗望雨。江淮自古富庶，民殷财阜；吴东昔时雄胜，物丰地裕。此乃锦绣鱼米之乡，更为发达工商之域。然天堑难逾，惜一江之隔，致两壤之别。据江海之会，地不利则行不捷；扼南北之喉，通受滞则拓受蹶。嗟乎！泱泱江淮，忿无一快铁直贯沿海，恨无一铁虹飞架天堑。望江兴叹，追虹心酸；千呼万唤，逐梦遂愿。

诚建斯桥兮，则披肝沥胆。十年论证，五易方案；一朝定夺，两翼奋赶。竞新斗巧，勇战六载；攻坚克阻，力排千险。双塔悬索，雄傲四海；千米横跨，翘楚五洲。梁轨装置，首开先河；箱桁结构，引领潮流。斜索型材，无与伦比；墩钢沉井，独占鳌头。嗟乎！技之高，艺之精，材之新，构之妙，荣擢世界之最，耀拔环宇头筹。嗟乎！矢志不移，创新有恒；千锤万炼，精湛遒优。

噫登斯桥兮，则心旷神怡。远则壮丽，高塔托日，截分一江洪波，润泽两岸苍黎[1]。近则雄迈，宏跨探月，悬吊万索神力，牵领千秋元基。昼则奇伟，玉带凌空，万千银索拨琴弦，一路高歌入云。夜则璀璨，彩虹卧波，亿兆繁星耀天汉，满江光华撩人。嗟乎！汽笛声声，千舟竞发逐风流；车轮滚滚，万马奔腾兴乾坤。一日千里，扶摇而上；千气万象，满目缤纷。

壮哉沪通，裕后光前；通人达才，鼎兴新元！

伟哉中华，国盛邦安；龙兴凤举，再启宏篇！

**注释：**

[1] 苍黎：黎民百姓。清昭梿《啸亭杂录·纯皇爱民》云："纯皇忧勤稼穑，体恤苍黎。"

# 满庭芳·桥韵

陈正平

　　独立桥头，凭栏远眺，大江东去茫茫。狼山雄峙，守万里江防。两岸蒹葭苍翠，翔鸥鹭，秋菊飘香。城乡美，宜居都市，赞叹胜天堂。

　　沧桑承以往，波澜汹涌，岁月如常。看云掣，钢龙奔向前方。南北大桥飞架，途通畅，逸兴绵长。华章谱，圆融绮梦，举国共飞觞。

# 七律·沪通铁路跨长江大桥四咏

姚凤霄

一

醉卧烟霞跨水流，清听桥韵美盈眸。

迎风长啸云阶浪，筑影漫铺紫气秋。

襟带天光珠玉起，抒怀岁月壮图酬。

凭栏纵览通途梦，三路[1]高歌一望收。

二

一桥飞架立苍穹，斜拉清辉越劲风。

邈远长江言水色，辛勤工匠笑云空。

青春乐献轻芳苦，壮志争酬看竞雄。

举目繁星笼四野，巨龙初渡气如虹。

# 三

巍巍桥韵屹南天，大国精英领世前。
双塔巨墩承重载，高强斜拉著新篇。
蓝图荜路群贤立，筑梦江东抱负坚。
逐浪飞虹今胜昔，神工造化美名传。

# 四

腾龙卧饮跨江长，斜拉钢梁锦绣章。
山隐水迢风去远，峦苍壑翠月来藏。
攻坚克障开三路，竭虑殚思建铁廊。
华夏精神高定位，梦圆犹待共飞觞。

**注释:**

[1] 三路：集国铁、城际铁路和高速公路三项功能于一体。

# 沪通长江大桥

许宇杭

　　余曾数次赴沪通长江大桥建设工场观瞻，感其工程之浩瀚、建设之艰难、气魄之恢宏，得七律三首，冠之《逐梦》《筑梦》《圆梦》三章，以记其伟，以壮其雄。

## 逐　梦

望江兴叹看桅樯，梦里惊龙奋翮翔。
磨砺十年终亮剑，擎天一柱逞焜煌。
丹心赤胆酬宏志，铁骨钢筋挺脊梁。
敢作人先传隽誉，精工良技属炎黄。

## 筑　梦

旌旗猎猎卷江风，斩浪攻坚立海东。
工队晨曦尤鼎沸，泵机向晚更声隆。
长桥构筑千秋业，巍塔存留万世功。
待到巨龙腾啸日，拿云壮志付樽中。

# 圆　梦

一桥横跨越溯洪，秀出凡尘傲宇穹。

标塔托天惊法力，神针定海憾珠宫。

巨龙呼啸通崇北，云舸飞扬贯暨东。

喜看长虹合双翼，再传华夏立奇功。

# 题沪通长江大桥

缪秋燕

自古长江入大荒，奔雷东去看汤汤。
今朝汗雨飞霓练，圆梦人间慨且慷。

# 己 渡

单 祖 群

凭栏望远风飒飒，蓝龙飞渡水盈盈；
春秋几载江上月，南北圆缺有时晴。
两仪渐行闻不见，扎根也需向阳生；
草木安得檐下客，浪里扁舟一叶横。

# 浪淘沙·沪通天堑

杨　阳

风雨洒江边，天水相连，大桥人伫大桥边。安得巨桥横两岸，执手心间。
壮志慕先贤，破浪乘涟，侯门宋悫敢争先。到海翻江龙在御，昂首奔前！

# 沪通赞

朱红兵

天堑鸿沟自此休，江南江北是通洲，
汗挥五暑功当代，海上长虹壮志酬。

# 架 桥

刘 岩

江海交融浊浪凶，亘古横渡舟异同。

路远心近昂首盼，吾侪立志霄汉冲。

宏图欲接朝霞曙，钢索斜拉暮色浓。

待到巨龙腾飞日，烟波浩渺起长虹。

# 观沪通桥

卢　钢

高塔如桅邈汉悬，长虹卧浪大江边；
巨龙一啸飞南北，海晏河清颂党贤！

# 匠渡·鹿

邓彦植

母江源之韵广兮，桥天渡。
自乡土之旷达兮，民内美。
匠天工之巧夺兮，城连横。
桥相接之破土兮，紫烟生。
　民如鹿兮，悠游闲。
　归故迅兮，聚欢颜。
　城如户兮，归心所。
　心所向兮，定奉余。
　难责犯兮，引搏赴。
　惑疑起兮，共安过。
　芷神导兮，终成望。
　仕所能兮，民所求。
　民之愉兮，仕所就。
　龙腾起兮，鳞先立。
　江汇成兮，流至达。
　国富旺兮，民必强。
　今兮，今兮，盖世华。

# 赞沪通大桥

梁　选

日落秋江映晚霞，微微碧浪泛金花。

鸿沟亘古难行客，长练于今渡轨车。

通路载承多少梦？大潮淘却几回沙。

渔舟出没风波里，豚美鱼肥乐万家。

# 写在沪通长江大桥工地

陈　萌

### 搭栈桥

呼呼冷雨风，飒飒肃江空。
危塔冲天长，钢花映水红。
夜来临障雾，日出贯蜺虹。
待到腾龙啸，名成万世功。

### 夜半江中施工

江中生皓月，孤棹隐归云。
人傍银河走，龙行浊浪闻。
沙洲连碧霭，静海接氤氲。
夜半桥桩插，飞虹待铸勋。

# 水调歌头·颂大桥人

张斌杰

沙洲过崇地，天堑隔凡尘。长虹横卧，峙立巍塔渡迷津。踏骇涛平沟壑，豪气直干霄汉，自此可逡巡。慨古今奇迹，勋业世间闻。

青壮出，霜鬓返，度年轮。血汗写就，悲壮终显赤心真。弃舍常安荒野，抛子别妻常事，情愫怯离分。若论居功者，直是建桥人。

# 桂枝香·沪通长江大桥

宋宇亮

长江如画，正送爽秋风，巍巍飞架。极目南汀立塔，北洲通跨。砼为龙骨钢为绮，欲从云，凌湍飞驾。亘绵千里，横遮静海，纵连华夏。

叹天工、神灵造化。纵四难①兼并，雄心何怕。两岸多方，协力共传佳话。几番物换更星转，筑蓝图抢争春夏。巨龙长啸，心怀宏志，济民天下！

注释：①四难：指超深水下钢混沉井、超高主塔、超长斜拉桥主跨、首用高新结构材料。

# 渔歌子·赞沪通长江大桥

姜晓光

## 一

天又秋来岁月多，江水粼粼泛清波。号声里，建桥歌，小舟推浪正婆娑。

## 二

拔地而起挺身躯，沪通相接昊天舒。平沟堑，筑通衢，钢筋铁骨画宏图。

# 诗三首

廖代富

## 沪通有感

月光泄地著银妆，透骨江风向暮凉。
踏浪逐波龙戏水，建功立业锦还乡。
青春无悔堆高塔，热血齐心铸巨梁。
千舸竞帆今若是，当年豪饮兴犹长。

## 夜宿长江边

当空皓月泄银光，灯火江流彻夕长。
雁阵不闻云隔远，涛声依旧梦归乡。
翔龙霄汉登穹宇，折桂寒宫饮玉浆。
夜半浅眠惊汽笛，错将粗枕认瑶床。

# 早晨长江边

滚滚长江东逝水，滔滔奔去慨难追。

潮升潮落无离合，云卷云舒任喜悲。

似箭光阴风隙过，如梭日月管中窥。

巨轮破浪鸣船笛，龙啸青天会有时。

# 桥 情

柯 熙

游梁横绝壁，栈道接危峦。
忽闻通天堑，飞舻举国欢。

# 卜算子·咏桥

## 董 希

拦江起双峰，龙啸千云动，几度春秋炼通途，汗血当歌颂。

心有诸葛谋，身具龙贲勇，地北天南思乡客，共筑神洲梦。

# 沪通长江大桥赋

徐乃为

高山融雪,大江泄流:若系东西之绢带,犹凿南北之堑壕。地因以隔,俗于是异。开天辟地,应盘古之无意;补天缀地,岂女娲之有方。合因其滞,北国南朝之存别;融缘其缓,华夏蛮越之有分。此历史之册页也,彼过往之云烟耳。

一江东泻,水挟泥以化渚;两海西涨,潮推沙而成洲。日积月累,渚洲渐连滩涂;男耕女织,滩涂浸成沃野。江宽而安有赖,兵燹少致;浪高而行成阻,物流难畅。"赖"其宜乎,小国寡民之思;"阻"其弊也,发展腾达之障。"淮南江北海东头"[1]之处,因见其僻;"天宝地灵人英杰"之地,亦显其陋。邑人遂有其盼,佛徒更有其祈;因名其州曰"通"。

"难通"之苦,积百代之同感;"南"通之盼,成一域之共识。革故鼎新,敢创世上之无;求通思变,肯争天下之先。世纪初开,气象更新;苏通大桥兴于前,崇启大桥成于后。而沪通长江大桥,则综其大成焉。一体三用,曰普铁、曰城际、曰公路;一构三最,谓塔高、谓跨长、谓艺新。夜以继日,竣工之期自不远;继往开来,造桥之史又翻新。一生二,二生三,三生万物;地通路,路通桥,桥通八方。欸,通州其真"通周"焉!三桥之通,自得九路[2]之畅;一区之兴,将领全局之盛。夫桥塔之高,透云霞以叩月宫;桥基之深,穿岩层以惊地府。彩虹卧波,呼豚鼍之跃浪;银箭穿云,唤鸿雁之追风。两岸一体,青山联袂绿水;六时[3]半宵,塞北驰驱岭南。登堡临风,感慨何如:横槊赋诗[4],叹魏武之疏漏;投鞭断流,笑苻坚之狂悖。后主视其若险，违命[5]遭辱；高宗依其可恃，临时得安。成败皆于斯，何可胜论哉。环顾东西，天堑今已百桥；纵横南北，金瓯浑如一体。分疆裂土，已课堂讲旧史；连带筑路，正论坛颂新词。

嗟乎！物贵遇世，如铁桥之于大江；人幸遇时，如侪辈之于当今。南通景美，应奉一花一草矣；中华梦远，宜添一笔一墨焉。

**注释：**

[1] 淮南江北海东头：出张謇诗《陪陈子砺提学游狼山》。

[2] 九路：贾谊《新书·修政语上》："凿江而道之九路。"

[3] 六时：古一昼夜十二时，昼夜各"六时"。

[4] 横槊赋诗：《前赤壁赋》状曹操赤壁战前貌。投鞭：苻坚说："以吾之众旅，投鞭于江，足断其流，何险之足恃？"

[5] 违命：李煜被俘，赵匡胤封其"违命侯"。临时得安：赵构名杭州为临安。

# 过江三曲（自度曲）

张奎高

## 曲一

曾记得，头次过长江。少年我，船离南通港昏黄。一夜未眠，趴在统仓听大江。

晨熹微，黄浦钟声扬，十六铺，灯光阑珊人熙攘。上海真美！可叹江南江北两相望！

## 曲二

十年前，苏通举世望。花甲我，乘坐豪车逸兴长。如驾彩虹。又似云中看大江。

时未久，车增水汤汤。峰值时，车阻寸步空徜徉。南通难通？沪通同城一枕梁？

## 曲三

未曾想，梦有神女帮。古稀我，幸见沪通跨长江。盛世高奏，时代交响大乐章！

待从头，乘高铁飞扬。环球游，老夫聊作少年狂。放歌沪通，大江南北共辉煌！

# 献给沪通大桥建设者

崔永华

万里长江邃向东，古人赶海划时空。
曾因大雁望秋水，也叹鸿沟阻隔通。
试问狂澜谁力挽，唯吾铁部敢称雄。
苏张崇启车流急，漫卷青云过彩虹。

中铁三军会险峰，沪通待发整妆容。
桥墩百米汗浇铸，梁柱千根志炼熔。
缕缕钢筋编彩带，根根悬索觅云踪。
身登天堑长虹卧，风起沧浪啸巨龙。

春夏秋冬鏖战急，勇于拼搏当先锋。
小邦工匠英雄志，大国精神瀚海胸。
万里长江添玉带，九层霄汉下蛟龙。
沪通一架凌南北，共看巍巍盛世峰。

环球第一铸丰功，十亿人民赞巧工。
赤县奇观增巨擘，大江南北伏长虹。
展望百载前程美，遥忆囊时世业穷。
万众同心齐发力，神州雄起立潮东！

# 风入松·参观沪通大桥工地

陆书通

波涛滚滚荡船舷，骇恣飞溅。进临砥柱雄雄列，举遥目，直插云烟。又见横梁叠影，端原公铁并肩。

一桥轮廓现空前，震欲呼天。旌旗飘处消天堑，经年间，沧海桑田。应料长虹架就，江东奋翅翩然。

# 行香子·咏沪通长江大桥

杨寄华

巨浪滔滔，彼岸迢迢，历千秋，天堑波摇。黯然客旅，何日愁消？盼长虹飞，轨车越，镇狂潮。

国强天骄，两地辛劳，展宏图，中铁功高。称雄环宇，巨筑凌霄，看风云过，一流路，一流桥。

# 七律·沪通长江铁路公路大桥工地抒怀

樊惠彬

神龙沐旭向天翔，静卧东流万里涛。
巨柱扬眉擎昊宇，宏梁舒臂揽云高。
群墩腾水深基固，主跨飞空胆技豪。
只待双虹南北越，梦圆华夏树旌旄。

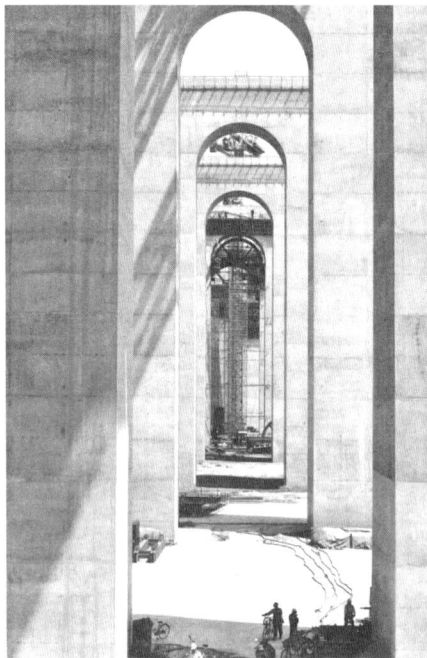

# 建设者之歌（农民工）

廖邦烈

年年江海起浮槎，水恶山穷处处家。
立世何妨多苦难，偷闲也欲羡云霞。
颜筋柳骨东坡笔，鹤子梅妻太白茶。
霜鬓但凭香墨染，风流借我走天涯。

# 七律·沪通大桥咏赞

单 嵘

滚滚长江东逝水，今朝始觉眼波开。

娇龙几起惊神女，巨霸双沉奠底台。

公铁两全消坎堑，沪通一体化星魁。

欣希早至功成日，寄韵新桥点赞来。

# 临江仙·赞沪通大桥

卢冷夫

万米蛟龙随浪舞，飞身静卧成桥。江天极目自堪豪。沪通两岸美，今日又添娇。

一张蓝图新绘就，满腔心血甘浇。百年记忆筑风标。激情向大海，好梦壮春潮。

# 十六字令·沪通大桥

## 徐　建

桥，南北金城咫尺遥。春江水，东去入清霄。

桥，中铁英豪汗水劳。双层道，晴日更妖娆。

桥，飞架如虹天堑消。安康路，黎庶乐陶陶。

# 念奴娇·赞沪通大桥

黄恺禹

一望无际[1]，浪滔天，通沪隔江相揖。升起彩虹连远岸，铸造千秋功绩。文化交流，经商[2]合作，两地尤亲密。腾龙飞凤[3]，八方皆受良益。

遥想初到当年[4]，瞻观天堑，唯有登舟楫。数十年来天地改，江上大桥频立。连接都城，贯通三角[5]，电掣驰南北。造桥强国，铁军创造奇迹。

**注释：**

[1] 一望无际：望字读平声，属七阳。

[2 经商：指经济与商贸。

[3] 腾龙飞凤：龙比喻火车，凤比喻汽车。

[4] 遥想初到当年：1982 年初，我从部队转业到南通工作，也是平生第一次来南通。从上海乘船历经八个小时，才抵南通港。

[5] 三角：指长三角。

# 七律·沪通长江大桥（三首）

## 洪宝志

### 一

烟波万顷铺宣纸，摇笔惊涛绘彩图。
掠影银鸥迷胜景，凌空巧匠筑云衢。
五年魂系风雷叱，两岸虹飞夜梦呼。
艺苑群英争眷顾，盈胸浩气满苍梧。

### 二

谁持巨笔凌空舞，删去荒芜唤紫烟。
世纪工程争创意，桥梁精品着先鞭。
雄墩力挽千层浪，高塔云开万里天。
不朽仪型描腕底，江涛拍岸忆华年。

### 三

凌霄只作等闲看，一代英豪不畏难。
已贯锦帆风飒飒，何惊碎玉水漫漫。
常偕砥柱迎晨日，聊把余霞慰晚餐。
疑是仙神临半宇，施工人在白云端。

# 沪通大桥赋[1]

李钊子

旭日引升，烟气朦胧。

啬公[2]独步龙爪，顾瞻[3]而曰："夫长桥卧波[4]，未云何龙？复道行空，不霁何虹耶？"

时记者吴[5]趋前，揖曰："啬公！此乃沪通大桥也！"

公曰："塔势高危而接天，天街悬于碧空。桥形逶迤[6]而通汉，云路恍于苍穹。雄哉！伟哉！"

记者作态，曰："嗟夫！昼为银蛇，与蓝天相辉映。夜即金龙，同斗牛[7]之闪亮。后生效颦[8]焉。"

大观台[9]上，风声入耳。煦光柔和，长水奔腾。

记者指点，啬公四眺。记者曰："啬公！长江浩荡，万里波涛。上自源头，下至瀛岛[10]。大江之上，百座长桥。吾之华族，引为自豪焉！"

公曰："是耶！九洲强盛，华夏飞腾矣。"

记者曰："然长江百桥，此桥为最！"

公含笑曰："何也？"

记者曰："何为最也？大师设计之优，巨匠筑造之精，尽在此桥之身显矣！既超鲁班[11]之巧智，也非愚公[12]之拙力。其以斜拉钢索之劲，而创世界桥梁跨宽之最乎？其以沉底基石之巨，而奠环球桥梁塔高之最乎？桥乎！梁乎！以中国建造数量之众，技艺水准之高，早摘桥梁大国之冠，而进桥梁强国之林矣。"

公捋须而曰:"古之通州也,虽处江尾海头,然之交通实难焉。出则无桥,入则必舟。星饭水宿[13],旅客贫愁。蓬帆展也,波路多惧壮阔。轺辘转兮,陆途常忆碍阻。故'南通'者,'难'通也。"

记者曰:"今非昔比矣!"

公曰:"愿闻其详。"

记者再揖啬公,曰:"公不闻大桥之功乎?近焉:南接繁华之大都,争领风气于超前;北连泛迤[14]之原野,蓄发劲力于将现。远焉:会贯铁道之网,勾结天涯海角乎?交织公路之络,畅达白山黑水乎?由此泽远惠宏,在当代乎?于子孙乎?助江北苏南而比翼矣,促南通上海共繁荣矣。古来之堑,胡可为险?万里之波涛,尽奔唱欢歌焉。"

公颔[15]首曰:"然也!"

记者缓缓而陈:"公不闻大桥之利乎?顶层公路六条,彩辖[16]骈溢;风驰之速,瞬息没于烟尘。下铺铁道四股,钢轴齐驱;电掣[17]之啸,终究消于涛声?朝闻道,夕得至。夜求经,旦可回矣!'南'通者,康衢[18]也,何再'难'通耶?"

公曰:"今一桥又架南北,尚畏大川乎?况百桥卧于瀚流,处处夷途[19]也。昔有诸桥,史或重演?问江东可返,霸王[20]无乌江之叹?思大业当成,武帝[21]何赤壁之恨?"

记者曰:"公之腹饱诗书,吾等惟聆听耳!"

公若有所思,沉吟而曰:"想老夫草创之初,政体废兴。荜路蓝缕[22],山林无径。只得粗完一生事,留与后人评说矣。"

记者曰:"公拓荒榛[23],非补疮痍[24]。立勋业于华夏,施福泽于邦邑[25]。享草木永生之轮[26],成英雄不败之绩,厥功至伟焉!尚公逢今之盛世,当如鹏冲九霄,鲸戏五洋,亦或枯木逢春、花开复艳矣!"

公挥袖而曰:"夫横桥卧波,且看红霞云影共斗彩;钢梁遏流,复睹紫雾海光齐争荣。大桥促经济之超越,利城乡之盛隆。显中华之精神,拓万世之伟功焉。"

记者长揖，曰："托啬公之吉言，中国复兴之势，无可阻挡也！"

**注解：**

[1] 本赋采用了"客主以首引"之体制。通俗而言，即为"客主问答"的写作方式。所谓"客主"：或为真实人物，或为虚构人物，或客为虚构人物而主为自己，或为假托人物。"客主以首引"为赋的文体象征。啬公为历史真实人物，但在本赋中，情节、语言多有虚构。记者吴为赋中假设人物。

[2] 啬公：即张謇（1853—1926 年），字季直，号啬庵，汉族，祖籍江苏常熟，生于江苏省海门市长乐镇。清末状元，中国近代实业家、政治家、教育家，主张"实业救国"。中国棉纺织领域早期的开拓者，上海海洋大学创始人。龙爪：南通狼山附近江面的龙爪岩。

[3] 顾瞻：回视；环视。参考《诗·桧风·匪风》："顾瞻周道，中心怛兮。"

[4] 长桥卧波句：出自杜牧《阿房宫赋》。

[5] 记者吴：记者，赋中虚设人物。吴，无也。

[6] 逶迤（wēiyí）蜿蜒曲折。汉：天河。参考李世民《帝京篇》："桥形远通汉上，峰塔势接云危。"

[7] 斗牛：为二十八宿中的斗宿和牛宿。参考唐·贾岛《逢博陵故人彭兵曹》："踏雪携琴相就宿，夜深开户斗牛斜。"

[8] 效颦（pín）：相传春秋时美女西施有心痛病，经常捧心而颦（皱着眉头）。邻有丑女认为很美，也学着捧心皱眉，反而显得更丑。

[9] 大观台：指南通狼山上的大观台。

[10] 瀛岛：即崇明岛，地处长江口，是中国第三大岛，被誉为"长江门户、东海瀛洲"。

[11] 鲁班：中国古代的能工巧匠。

[12] 愚公：中国神话传说人物，愚公移山故事的主人公。常用以比喻做事有顽强毅力。

[13] 星饭水宿：夜间在山路上进餐和在水边过宿。

[14] 沵迤（mǐyǐ）：指平坦绵延。

[15] 颔（hé）首：点头。

[16] 彩輠（wèi）：此指各式、各色公路车辆。輠：车轴头，即套在车轴末端的金属筒状物。骈溢：犹超过。参考"车马骈溢"，形容车马排列很多，热闹非凡的样子。

车马如龙：谓车马众多，繁华热闹。车马骈阗：形容车马众多，非常热闹的样子。过江之鲫

[17] 电掣：电光急闪而过，喻迅速、转瞬即逝。

[18] 康衢：指四通八达的大路。

[19] 夷途：平坦的道路。夷：平坦、平安。

[20] 霸王：楚霸王项羽。

[21] 武帝：魏武帝曹操。

[22] 筚路蓝缕：参考《左传·宣公十二年》："筚路蓝缕，以启山林。"筚路：柴车；蓝缕：破衣服。意思是坐着柴车，穿着破衣服去开辟山路。用以形容创业艰辛。

[23] 荒榛（zhēn）：杂乱丛生的草木。引申为荒芜。

[24] 疮痍（yí）：创伤，也比喻遭受灾祸后凋敝的景象。

[25] 立勋业于华夏、施福泽于邦邑：此句引自南通大学徐乃为教授《啬园赋》。

[26] 享草木永生之轮：参考张謇："天之生人也，与草木无异. 若遗留一二有用事业，与草木同生，即不与草木同腐朽。"

[26] 成英雄不败之绩：参考胡适："张季直（张謇）先生在近代中国史上是一个很伟大的失败的英雄，这是谁都不能否认的。"

# 为沪通大桥贺岁

陈有清

浩浩长江一巨龙，周身披挂玉玲珑。
壮观两岸飞虹卧，脖绕新纮[1]映旧红。

注释：[1] 纮：原指帽带。引伸为维系天地间的纽带，见《淮南子．｜原道训》：纮
宇宙而章三光。

# 沪通长江大桥赋

胥 奇

万里长江水，携岷峨[1]风雨，滚滚西东；百丈沪通桥，揽蓬瀛[2]云彩，熠熠[3]南北。其势雄，其形伟；其誉满，其功赫。

通天之路孤悬于霄汉；拔地之塔屹立于江国。登高纵目，远近山色空闲；临江濯足，上下沙鸥翔集。云开石榜，濠河[4]渔晚；地涌魁星，狼山[5]风急。冯夷[6]伐鼓，彩旗飘于海宫琼阁；神女遗佩[7]，幽思撩动胥郎词笔。鞭石[8]成桥，驱赤石以凌太虚；乘鲤[9]布道，驾朱鲤而登仙室。君不见，公铁斜拉[10]跨千米，轻摘世界桂冠；柔拱竖转[11]上千吨，巧夺天下第一。造价不菲，造化无极。砥柱擎天，承万钧于匠心；钢桁[12]越港，倾众志于洪力。煌煌乎彪炳千古；欣欣焉功成一夕。

遥想当年，巨浪掀舟，百姓苦于难渡；惊涛拍岸，鼍[13]龙恶乎频出。客货不畅，机遇难立。如今推进八横八纵[14]，顺从民心；响应一带一路[15]，匡扶国脉。壮哉斯桥！引资金南来，送商贾北去，融合南北城乡，如鱼得水；伟哉斯桥！看紫阳东升，迎金凤西翔，促进东西经济，如虎添翼。

呜呼！清末以降，民生积弱，帝国之心亡我；改革以来，国力渐盛，雄狮之威震山。复兴之路迢迢，求索之途漫漫。斯桥不朽！夺施工管理之最；斯桥为盛！领科技创新之先。舞裳[16]之香飘于江畔；飞虹[17]之势横在眼前。开天辟地，添福祉于社稷；攻关越垒，还生态以自然。念念在兹，为初心而奔走；萦萦于怀，向梦想以登攀。居安思危，饮水思源。河清海晏，国泰民安。寄调《临江仙》一阕，肝胆写入诗笺。颂曰："漭漭水天成一色，风浪惊起鼍龙。江南江北落长虹。蓝图开伟业，公铁最高峰。名匠李春[18]人不见，沪通桥工续建奇功。神州自古出英雄。惊涛谁再唱，滚滚大江东。"是日丁酉八月初三。

**注释：**

[1] 岷峨：岷山和峨眉山的并称。宋苏轼《满庭芳》词："归去来兮，吾归何处，万里家在岷峨。"

[2] 蓬瀛：蓬莱和瀛洲，相传为仙人所居之处。晋葛洪《抱朴子·对俗》："或委华驷而缠蛟龙，或弃神州而宅蓬瀛。"

[3] 熠熠：闪烁的样子。

[4] 濠河：环绕南通老城区，宛如珠链，被誉为南通城的"翡翠项链"，国家5A级旅游景区。

[5] 狼山：全国八小佛教名山之首，有"江海第一山"的美誉，国家4A级旅游景区。

[6] 冯夷：据《抱朴子·释鬼篇》记载，他被天帝任命为河伯，管理河川。

[7] 遗佩：据汉刘向《列仙传·江妃二女》记载，相传古代郑交甫于汉皋遇二女，与谈，二女解所佩之珠赠之。分手时回望，二女已不见。

[8] 鞭石：据《太平寰宇记·登州文登县》引《三齐略记》记载，相传始皇见秦山距陆地太远，欲建石桥于东海，以观日出之处。得神仙相助，驱石下海；石行慢，仙人鞭之，血出，今留赤石。后用"鞭石成桥"表示帝业天成，神助其功的意思。北周庾信《哀江南赋》："东门则鞭石成桥，南极则铸铜为柱。"

[9] 乘鲤：江苏有乘鱼桥，相传为琴高乘鲤升仙之地。

[10] 斜拉：沪通长江大桥是集国家铁路、城际铁路、高速公路"三位一体"的超级特大桥，全长11072米，主塔高325米，超百丈，大桥主跨1092米，建成后将是世界第一座跨度超千米的公铁两用斜拉桥。

[11] 竖转：沪通长江大桥天生港专用航道桥采用主跨336米的刚性梁柔性拱桥结构，为目前世界最大跨径重载公铁两用钢拱桥，柔性拱肋竖转重达2700吨，柔性拱竖转设计、施工由中交武汉港湾工程设计研究院牵头实施。

[12] 钢桁：天生港航道桥长约5公里，钢桁梁包括钢拱在内重达3.24万吨，其中钢梁高强螺栓共40万套，最复杂的一个节点须与17个方向的杆件连接，含高强螺栓3072个，每个螺栓孔不能有丝毫错位。

［13］鼍：（tuo 音同陀）扬子鳄，中国特有的一种鳄鱼，世界上最小的鳄鱼品种之一。

［14］八横八纵：中国高速铁路网络的短期规划图。2016 年 7 月，国家发展改革委、交通运输部、中国铁路总公司联合发布了《中长期铁路网规划》，勾画了新时期"八纵八横"高速铁路网的宏大蓝图。

［15］一带一路：是"丝绸之路经济带"和"21 世纪海上丝绸之路"的简称。

［16］舞裳：代指荷花。宋王沂孙《水龙吟·白莲》："步袜空留，舞裳微褪，粉残香冷。望海山依约，时时梦想，素波千顷。"

［17］飞虹：代指沪通长江大桥，唐杜牧《阿房宫赋》："长桥卧波，未云何龙？複道行空，不霁何虹？"

［18］李春：隋代造桥匠师，现今河北邢台临城人。其主持修建的赵州桥已存世 1400 多年，堪称中国建筑史上的奇迹之一，李春成为中国，乃至世界建筑史上第一位桥梁专家。

附：获奖名单

# "桥韵杯" 诗歌大赛获奖名单一

**一等奖**

1. 昌　黎　《与大桥有关的思绪》（组诗）

2. 许国华　《沪通长江大桥赋》

3. 萧　萧　《一座大桥，跨越了波涛的弧度》

**二等奖**

1. 夏　杰　《在一朵浪花里跨越》（组诗）

2. 王　芳　《沪通大桥，飞虹之歌》

3. 程向东　《沪通长江大桥礼赞》（组诗）

4. 陈正平　《满庭芳·桥韵》

5. 陆　雁　《桥于江水的告白》

**三等奖**

1. 浦敏艳　《我以这样的方式过江》

2. 张国雪　《一座大桥的史诗》

3. 姚凤霄　《沪通铁路跨长江大桥四咏》

4. 许宇杭　《沪通长江大桥》（三首）

5. 刘桂红　《港城飞虹》（四章）

6. 孙雁群　《琴弦和音符》

7. 金　益　《桥之韵》（组诗）

8. 唐诀心　《江水吟》（组诗）

9. 紫　蝶　《长江里的爱情》（外一首）

10. 钱雪冰　《沪通长江大桥的五种口音》

**入围奖**

1. 刘迎雨　《一座通往浪漫主义的桥》

2. 思不群　《不废江河万古流》

3. 丁　东　《张家港长江大桥》

4. 杜宏娟　《以巨桥的方式丈量山河》

5. 颜士州　《随风带上你的记忆》

6. 缪秋燕　《题沪通长江大桥》

7. 浦君芝　《那些与沪通铁路大桥建设相关的事物》（外二首）

8. 陆　承　《芬芳与厚重：一座桥的热爱和眺望》

9. 徐玉娟　《赞歌——沪通大桥的建设者》

10. 彭　程　《一座终将载入史册的桥》

# "桥韵杯" 诗歌大赛获奖名单二

## 一等奖

1. 胥奇《沪通长江大桥赋》二航局

2. 朱立娟《你，我，我们》二航局

3. 高谦君《沪通放歌》大桥局

## 二等奖

1. 罗红梅（白莲）《骄阳下的坚守》二航局

2. 犬 耕（王力）《工地，美丽的家园》二航局

3. 陈嘉伦《那座城，那座桥，那群人》二航局

4. 陈春华《船与桥》大桥局

5. 廖代富《念奴娇·沪通早晨》大桥局

## 三等奖

1. 祝冯火《古城新桥》二航局

2. 任婷婷《建桥女工》二航局

3. 蒋红梅《为你写诗》二航局

4. 单祖群《己渡》二航局

5. 李松《工地读书人》大桥局

6. 陈涛《致沪通》大桥局

7. 何建《爱上一座桥》大桥局

8. 杨阳《浪淘沙·沪通天堑》大桥局

9. 郭辉《大桥礼赞》铁科院

10. 李进洲《想念》（外一首）铁四院

**入围奖**

1. 钱长龙《建桥人赞》指挥部

2. 闫志刚《心桥》指挥部

3. 高中鹏《擎天》大桥局

4. 李伟《沪通桥赞歌》大桥局

5. 李爽《长江的明证》大桥局

6. 卞南（柯祥虎）《远方的使命》二航局

7. 朱红兵《沪通赞》二航局

8. 刘岩《架桥》二航局

9. 庹立新《桥》铁科院

10. 董希《卜算子·咏桥》华中科大

# "桥韵杯" 诗歌大赛获奖名单三

**特别奖**

任海泉《题沪通长江大桥》

**一等奖**

1. 徐乃为《沪通长江大桥赋》

2. 仇　红《把祖国扛在钢铁的肩上》（外一首）

**二等奖**

1. 晓　川《新时代：一座桥的高度》

2. 钱雪冰《初冬：掀起沪通长江大桥的新盖头》

3. 张奎高《过江三曲》

4. 鸭　子《桥上的灯光》（组诗）

5. 石瑞礼《桥墩——沪通大桥工地远眺》

**三等奖**

1. 杨艳霞《图腾》（组诗）

2. 崔永华《献给沪通大桥建设者》

3. 陆书通《风入松·参观沪通大桥工地》

4. 杨寄华《行香子·咏沪通长江大桥》

5. 樊惠彬《七律·沪通长江铁路公路大桥工地抒怀》

6. 苏　末《归途如虹》（组诗）

7. 低　眉《虚构你身后的雪》（外一首）

8. 姚振国《生命与永恒》

9. 卢庆平《致敬》（外一首）

10. 廖邦烈《建设者之歌（农民工）》

## 入围奖

1. 陈　辉《见证》（组诗）

2. 单　嵘《七律·沪通大桥咏赞》

3. 卢冷夫《临江仙·赞沪通大桥》

4. 徐　建《十六字令·沪通大桥》

5. 黄恺禹《念奴娇·赞沪通大桥》

6. 洪宝志《七律·沪通长江大桥》（三首）

7. 李钊子《沪通大桥赋》

8. 紫　蝶《江水吟》（组诗）

9. 尹志红《筑梦》

10. 陈有清《为沪通大桥贺岁》

# 后 记

　　沪通长江大桥，作为国家铁路网沿海铁路大通道的重要过江通道，以其1092米的跨度，雄踞世界公铁两用斜拉桥之最。大桥建设工程规模大、施工难度大、安全风险高、技术要求严，采用了众多的新材料、新装备、新工艺和新技术，代表了世界斜拉桥建造技术的最高水平和发展方向，是中国由"桥梁大国"向"桥梁强国"迈进的标志性工程，成为新时代展示中国桥梁工匠风采和国家形象的一张亮丽名片。

　　三年多以来，全体建设者以高昂的的工作热情、豪迈的工匠情怀和勇于创新、敢于担当的精神投入到大桥建设之中，恪尽职守、爱岗敬业、攻坚克难、拼搏奉献，用智慧和汗水打造了大桥建设的骄人业绩，书写着为中国梦而拼搏奋斗的生动实践。大桥工程质量安全保持良好，形象进度日新月异，科技成果层出不穷，标准化管理扎实深入，社会影响日益扩大，一座集高新技术于一身的现代化智慧大桥正在大江之上磅礴雄起。

　　建设过程中，指挥部高度重视项目文化建设，注重文化和思想的示范与引领作用，把文化建设融入工程建设的全过程，开展了面向大桥全体建设者和地方人民群众的"桥韵杯"系列文化活动。

　　本次"桥韵杯"诗歌征集大赛活动开展以来，得到了大桥建设、设计、施工、监理、第三方检测和钢梁加工单位，以及南通市、张家港市等有关各方的高度重视和积极响应。短短几个月，职工群众投稿踊跃，共收集诗歌作品400余件，经初步修改和专家评选，挑选出具有代表性113件作品集结出版。

这些作品有现代诗，古体诗、词、赋，散文诗等，体裁不同、形式多样、语言生动、意境感人，作者用亲历和感悟，迸发于心田、吟唱于纸上，情景交融、如诗如画，书写了参建职工对建桥事业的忠诚和热爱，描绘了地方人民群众对大桥建设的热切期盼，表达了对大桥建设者拼搏奋斗、无私奉献精神由衷的敬佩，弘扬了中国桥梁工匠精神和风采，展现了当代中国力量和中国创造。翻开作品的每一篇、每一页，都仿佛身临其境，不由自主地被意境所吸引、被情节所感动、被情感所震撼！这是大桥建设者用聪明和智慧谱写的时代凯歌，是用精神和汗水凝固的建桥传奇。

大桥建设的宏伟蓝图正在绘制，大桥建设的感人故事还将孕育出新的篇章。将征集诗歌汇总成册，记录下的是建设者发自心底的自豪和绵长的眷恋，它必将激励起参建职工更加强大的力量，以更加饱满的激情、更加昂扬的斗志投入到后续工作中，早日实现"一桥飞架南北、天堑变通途"的千秋梦想和伟业。

本次"桥韵杯"诗歌征集大赛，得到了中国铁路总公司工管中心领导，南通和张家港地方领导、相关部门、文学界的大力支持，得到了原人民铁道报社长王雄、原铁科院工会主席田建国等文化工作者的悉心指导，在此表示衷心感谢！对参与此次诗歌创作的各位作者表示感谢，对负责此书修改编订的有关人士表示感谢！

《大江飞虹》诗歌作品集即将与读者见面，谨以此书献给大桥建设者，献给热情关心、大力支持和积极参与大桥建设、决策和外围工作的各界专家、领导和朋友们。